DISCOURS

DE M. LE COMTE

DE MONTALEMBERT

PRONONCÉ

A SA RÉCEPTION A L'ACADÉMIE FRANÇAISE

le 5 février 1852

ET

DISCOURS DE M. GUIZOT

En réponse au Récipiendiaire

PARIS

DIDIER, LIBRAIRE-ÉDITEUR
35, quai des Augustins

SAGNIER ET BRAY, LIB. EDIT.
66, rue des Saints Pères

1852

DISCOURS DE RÉCEPTION

A L'ACADÉMIE FRANÇAISE.

DISCOURS

PRONONCÉ

PAR M. LE COMTE

DE MONTALEMBERT

A L'ACADÉMIE FRANÇAISE,

EN VENANT PRENDRE SÉANCE A LA PLACE DE M. DROZ,
LE 5 FÉVRIER 1852.

PARIS,
SAGNIER ET BRAY, LIBRAIRES-ÉDITEURS,
RUE DES SAINTS-PÈRES, 66.

1852

AVANT-PROPOS.

En écrivant ce discours de réception à l'Académie française, loin de Paris, au mois de septembre 1851, pendant un intervalle de repos parlementaire, que l'on ne croyait pas alors devoir si promptement retrouver, j'ai laissé aller ma pensée et ma plume, et j'ai dépassé de beaucoup les bornes assignées par l'usage à une séance académique. Obligé de retrancher, à la lecture, une grande partie de mon travail, je n'ai pas cru devoir supprimer complétement ce que je ne pouvais lire en public. Par égard pour la mémoire de M. Droz, et pour les idées auxquelles j'ai essayé de rendre hommage, j'ai voulu conserver à mon œuvre son développement primitif, et l'offrir sous cette forme au public catholique et à la province de Franche-Comté.

Les astérisques indiquent les principaux passages qui n'ont point été lus à la séance publique.

DISCOURS.

MESSIEURS,

Parmi nos provinces de l'Est, il existe une contrée dont le nom porte l'empreinte de son histoire, de sa vieille indépendance, du mâle courage de ses enfants. La Franche-Comté de Bourgogne est comme le Tyrol de la France : une nature grandiose et pittoresque y tient lieu de monuments, et le cœur de l'homme semble emprunter à cette nature quelque chose de sa force et de sa grandeur. Sur les flancs du Jura, défrichés par les moines, au milieu des forêts de sapin et dans les gorges profondes que creusent le Doubs et ses affluents, il s'est formé une race austère, énergique, intelligente, naguères passionnée pour ses antiques franchises, de tout temps célèbre par son ardeur belliqueuse, son attachement enraciné à la foi catholique, son fier et opiniâtre dévouement à ses maîtres [1]. « On ne les soumet qu'à coups d'épée, et il

[1] *Deo et Cæsari fidelis perpetuò.* Devise de Besançon.

« faut abattre jusqu'au dernier, » disait d'eux, il y a 200 ans, un capitaine français qui avait éprouvé leur valeur en essayant de les détacher de la monarchie espagnole dont l'amour se confondait dans leurs cœurs avec celui de leurs vieilles et chères libertés. Au dix-septième siècle, les paysans comtois se faisaient enterrer la face contre terre pour témoigner de l'aversion que leur inspirait la conquête française et la domination de Louis XIV. Et toutefois, à la fin du dix-huitième, tous les cœurs y étaient tellement imprégnés du sentiment français que nulle province n'a fourni à la patrie menacée des bataillons de volontaires plus nombreux, plus intrépides, plus prodigues de leur vie. Cette terre généreuse n'a cessé de produire des héros que lorsque la France eût cessé de combattre. Elle a montré la même fécondité dans le domaine de l'Eglise, des lettres et des sciences, et jusqu'à nos jours elle n'avait enfanté que des esprits dont la hardiesse, tempérée par l'étude et la foi, n'affligea jamais la conscience ni la raison.

Vous lui devez, Messieurs, pour ne citer que nos contemporains, M. Cuvier qui sut être grand toujours et partout; M. Nodier, qui eut l'art de rester populaire en se moquant de toutes les orgueilleuses déceptions de notre siècle; enfin, l'homme sage et bon que vous avez daigné m'appeler à remplacer parmi vous.

M. Droz, comme tous les Francs-Comtois, aimait sa province natale avec une passion fidèle. Il m'en eût voulu de ne pas parler d'elle avant de parler de lui. C'est un devoir que j'accomplis volontiers, car pour moi aussi la Franche-Comté est une sorte de patrie. C'est elle qui m'a recueilli au lendemain du naufrage de la pairie et de la royauté; c'est elle qui, en me rouvrant spontanément la carrière politique, nous a donné, à vous, Messieurs, l'occasion de fixer vos regards sur moi, et à moi la témérité d'aspirer à vos suffrages. Grâce à elle, je puis vous remercier aujourd'hui de m'avoir accordé la seule faveur que j'ai désirée, la seule élection que j'ai sollicitée, et la seule distinction que j'ai obtenue dans le cours de ma vie.

M. Droz naquit à Besançon, en 1773, d'une de ces anciennes familles de robe dont l'intégrité traditionnelle, les mœurs sévères, l'indépendance un peu frondeuse, constituaient une des forces vitales de l'ancienne société française. * Ses deux oncles furent conseillers à ce Parlement de Besançon qui se distingua par la noblesse et la modération de son attitude dans les luttes du dernier siècle entre la cour et la magistrature. L'un de ses oncles était un érudit de grand mérite, dévoué à l'étude des monuments historiques de sa province, ami et collaborateur de Foncemagne, de Bréquigny et d'autres illustres savants qui furent au dernier siècle les rivaux des Bénédictins.

Il perdit très-jeune sa mère; son père, homme pieux et instruit, veillait à son éducation qui ne fut pas sans difficulté. Le futur moraliste se faisait remarquer dès son adolescence par un caractère impétueux et rebelle. La religion, qu'il devait plus tard si noblement confesser, ne lui inspirait (c'est lui qui nous l'apprend) qu'une sorte d'effroi et de répulsion. Il aimait l'étude et avait même de l'ambition littéraire; mais l'enseignement routinier des classes le fatiguait. Arrivé au cours de philosophie, il n'y tint plus, se brouilla définitivement avec le latin et le syllogisme, et obtint de son père la permission de terminer ses études sous ses yeux.

Le premier livre qu'il reçut des mains paternelles fut le *Discours de la Méthode* de Descartes. Il entra par cette porte dans la philosophie, qui devint dès lors sa carrière et la passion dominante de sa vie. Le moment n'était pas heureux : le matérialisme du dix-huitième siècle régnait sans rival. L'irréligion était universelle. Le vent impur qui desséchait tout avant de tout déraciner, souffla sur cette jeune âme, mais toute vie morale ne s'éteignit point en elle.

* Toutefois elle ploya sous ce souffle et ne retrouva que beaucoup plus tard la plénitude de la lumière et de la force. A peine sorti du collége, il abandonna toutes les pieuses pratiques de son enfance. Il crut sans peine, comme on le lui disait partout, que la cause du christianisme était jugée et

perdue pour toujours. Mais Dieu ne l'abandonna jamais entièrement. Il voulut rester fidèle, sinon aux croyances, du moins aux exemples de sa respectable famille. Il ne se laissa pas glisser (c'est encore lui qui nous le dit) sur la pente du désordre moral jusqu'à l'abjection du vice. Il se roidit à la fois contre le bien et le mal : autant il repoussait les dogmes de l'Evangile, autant il aspirait à suivre les principes de sa morale.

Il se retrancha dans le déisme, et il s'imposa pour tâche de prouver aux vieux chrétiens de sa famille, qui ne lui ménageaient pas les reproches, qu'un déiste peut égaler ou surpasser un chrétien dans la pratique des devoirs envers les hommes. Mais dès lors le cynisme de Voltaire le révoltait. Il raconte quelque part qu'il ne put achever la lecture de *Candide,* et que la prétendue *Philosophie de l'Histoire* du même auteur, lui sembla un libelle contre l'humanité. Il prit pour évangile les *Essais de Montaigne.* Horace, Cicéron et le Plutarque d'Amyot, firent également ses délices. Il s'habitua à observer, à réfléchir, et se fit la promesse qu'il a tenue, de fuir l'ambition et de ne rechercher qu'une vie obscure et paisible, vouée à l'étude et à la vertu.

Cependant la révolution éclatait : il acheva son éducation au milieu de l'écroulement universel, et fut envoyé à Paris à dix-neuf ans pour y chercher une carrière. Il y arriva le lendemain du 10 août, et y assista, de très-près, aux massacres de Septembre. * Il était logé chez un Comtois de ses amis, près de l'Abbaye. Son hôte fut arrêté et enfermé dans cette prison même. Lorsqu'elle fut envahie par la horde que soudoyait la Commune de Paris, le prisonnier ne perdit pas la tête ; et pendant le court intervalle qu'il fallut pour régulariser le massacre, il alla droit au plus hideux des égorgeurs, et lui dit, en assaisonnant son invocation de quelques jurements patriotiques : « Tu m'as l'air d'un brave homme : « je suis patriote comme toi ; il faut que tu me tires de là. » L'assassin, touché du compliment, lui répondit : « At« tends-moi là où tu es ; je viendrai te prendre avec un ca-

« marade : mais surtout ne réponds pas, et n'avance pas, « quand on t'appellera. » En effet, il le sauva : le Comtois lui témoigna sa reconnaissance en l'invitant à dîner avec son camarade. M. Droz fut le quatrième convive de ce repas : il dîna entre les deux septembriseurs, dont l'un avait encore, entre les jambes, son sabre teint du sang de tant d'innocentes victimes. On conçoit son dégoût, et le souvenir très-vif qu'il en conserva jusqu'à sa mort.

Quoiqu'il eût adopté, avec la chaleur qui lui était naturelle, la révolution et ses suites, un séjour à Paris, inauguré sous de tels auspices, n'était pas fait pour lui plaire. D'ailleurs, l'invasion appelait à l'armée tout ce qu'il y avait encore en France de jeune et d'honnête. Droz y courut : il s'engagea dans le douzième bataillon des volontaires du Doubs; ses camarades l'élurent capitaine. Il servit trois ans à l'armée du Rhin, sous Desaix et Schérer, moins occupé de la guerre que de la lecture des philosophes anciens dont il faisait des extraits au bivouac. Pendant la Terreur, il fut envoyé en mission auprès du ministre de la guerre, Carnot. Celui-ci lui permit de rester quinze jours à Paris. Il y retrouva les massacres de Septembre continués par le tribunal révolutionnaire. Il assista aux séances de ce tribunal : il vit ces charrettes où s'entassaient l'innocence, la beauté, le talent, tous les âges, toutes les conditions, toutes les gloires et toutes les vertus de la France. Il s'exerçait même, ainsi qu'il l'a raconté depuis, à suivre le chemin de l'échafaud, dans la pensée que son tour pourrait bien venir.

Trente ans après, dans un de ses ouvrages, il notait ainsi les impressions de ce séjour : « J'ai vu Paris dans ces jours « de crime et de deuil. A la stupeur qui couvrait les figures, « on eût dit une ville désolée par une maladie contagieuse. « Les vociférations ou les rires de quelques cannibales in- « terrompaient seuls le silence de mort dont on était envi- « ronné. La dignité humaine n'était plus soutenue que par « les victimes qui, portant un front serein sur l'échafaud, « s'exilaient sans regret d'une terre déshonorée. » Et il ajoutait : « L'état de prostration et de stupeur était tel, que si on « avait dit à un condamné : Tu iras dans ta maison, et là tu « attendras que la charrette passe demain matin pour y mon- « ter, il y serait allé et il y serait monté. »

Chose étrange! ces révoltants spectacles ne le détachèrent pas encore des principes révolutionnaires. Le temps et la culture des nobles instincts de son âme devaient seuls amener le changement qui nous a valu en lui un écrivain dévoué à l'ordre et à la vérité.

Sa santé l'avait obligé de quitter l'armée; il était revenu à Besançon, où il continuait à se livrer aux études de son goût, et où il obtint la place de professeur à l'école centrale du Doubs. C'est de ce temps que datent ses premiers écrits. Ils ne portent que trop le cachet de l'époque. Non-seulement l'auteur y applaudit à la révolution, au 10 août et au 18 fructidor; mais il s'y livre à des jugements historiques et philosophiques qui forment le contraste le plus complet avec les nobles œuvres de sa maturité et de sa vieillesse.

* Il y professe un enthousiasme puéril pour Diderot, Mably, Raynal et Jean-Jacques, qu'il appelle l'*apôtre et le martyr de la vérité* : il y déclame contre le clergé, contre Pie VI, contre les *vils cénobites;* contre la barbarie du moyen âge, « de ce temps où le clergé donnait l'exemple de tout ce qui « peut avilir et rendre malheureux les hommes; de ces siè- « cles d'ignorance où l'Europe semblait mesurer le degré de « respect qu'elle accordait aux erreurs sur celui de leur absur- « dité. » Après avoir ainsi jugé le passé, il arrive aux temps modernes pour placer Condillac parmi les plus grands hommes que la France ait produits, et pour s'incliner devant le génie et l'éloquence de Garat. Il compare l'ancien système d'éducation à celui des nouvelles écoles, et n'hésite pas à reconnaître la supériorité de celles-ci, où les professeurs devaient « respecter « les diverses manières d'honorer l'Éternel, mais ne parler « d'aucune, » et où quatre années devaient suffire à tout l'enseignement, y compris la chimie et la bibliologie. Au milieu même de ces aberrations, on distingue la trace d'études

sérieuses et variées, avec un certain entrain de style qui promettait un écrivain.

Si je ne faisais que le panégyrique de M. Droz, je devrais garder le silence sur ces péchés de jeunesse qu'il eût voulu ensevelir dans l'oubli et qu'il a depuis si noblement et si complétement effacés. Mais je n'ai pas cru que la solennité de cet hommage dût exclure la vérité, et je veux tirer de la franchise peut-être indiscrète de mes critiques le droit d'abonder tout à l'heure dans l'éloge. Je ne sais, d'ailleurs, rien de plus instructif, rien de plus encourageant dans la vie des hommes distingués que ces luttes de leur jeunesse contre l'erreur et la passion, lorsqu'ils n'y ont succombé que pour se relever et laisser bien loin derrière eux les complices ou les critiques d'une faute glorieusement rachetée. J'y trouve un utile et consolant enseignement pour ceux qui ont commencé par donner des gages au mal, et qui n'en veulent pas rester les captifs éternels. * Il n'est donné qu'à un petit nombre d'élus de traverser la politique et les lettres sans jamais dévier. N'a-t-on pas remarqué que parmi les plus vaillants défenseurs de l'autorité, de l'ordre, de la religion même, plusieurs, depuis saint Augustin, avaient débuté par pactiser plus ou moins avec les erreurs dont la défaite devait constituer leur gloire? Il semble que pour bien connaître et bien combattre l'erreur, la faiblesse humaine ait besoin d'y avoir trempé quelque peu. Avoir à saluer de telles conversions n'est pas d'ailleurs une jouissance si fréquente. Nous avons vu de nos jours tant d'exemples de retours en sens inverse! tant d'éclatantes renommées commencées au service du bien, encouragées à y rester par la trop confiante admiration de tous les honnêtes gens, et finir pour aller s'abîmer dans le mal! Sachons donc puiser une consolation et une force dans le spectacle du progrès d'une âme qui, d'abord enveloppée et comme étourdie par l'atmosphère pestilentielle qu'elle respirait, a su s'en dégager pour s'élever, après maint effort, jusqu'à ces régions de la vérité pure où l'attendent la paix et la gloire.

Vers 1803, M. Droz transporta sa retraite à Paris, je dis

sa retraite, parce que, tout jeune encore, il ne comprenait pas la vie en dehors d'un cercle restreint, où les joies de la famille et les épanchements de l'amitié lui tiendraient lieu de tout autre intérêt. A Paris comme à Besançon, il trouva le centre qu'il lui fallait : un groupe d'hommes de cœur et de talent, sympathiques et bienveillants, qui apprécièrent son mérite et lui firent une place au milieu d'eux; parmi eux, Ducis et Cabanis furent ceux qui exercèrent sur lui le plus d'influence.

* Cabanis surtout l'attirait par d'éloquentes confidences qu'il versait dans le cœur avide et ravi du jeune Franc-Comtois, en parcourant avec lui ce jardin d'Auteuil, qu'on regardait alors comme le sanctuaire de la seule philosophie qui eût cours en France. Longtemps après, lorsque le flot des idées eut changé, M. Droz entreprit de venger la mémoire de Cabanis du reproche de matérialisme et d'athéisme qu'on s'accordait assez généralement à lui adresser. Il est certain que, s'il faut juger du maître d'après l'élève, jamais accusation ne fut moins fondée. Cabanis lui conseilla de préluder par une œuvre légère à la publication des travaux sérieux qu'il avait entrepris. M. Droz suivit ce conseil, et donna, en 1804, un roman intitulé *Lina*. Il crut plus tard cette œuvre indigne de lui, et ne voulait pas qu'on lui en parlât. On ne sait trop pourquoi : car, le genre étant donné, cette production vaut certainement mieux que la plupart des œuvres analogues qui ont paru depuis. La douce mélancolie, le langage décent et la morale suffisamment épurée de ce roman contrastent étrangement avec ce qu'on est convenu d'appeler du même nom aujourd'hui. Dans sa préface, le jeune auteur semblait vouloir abandonner, au moins pour un temps, ses études antérieures, afin de conquérir des succès plus faciles et plus doux. « Je « conçois très-bien, dit-il, qu'on attache peu d'importance « au suffrage des hommes; il me paraît impossible qu'on ne « désire pas celui des femmes. » Toutefois, par une inconséquence dont nous ne le blâmerons pas, et malgré les deux éditions assez rapprochées de son roman, il se consacra plus

exclusivement que jamais à la philosophie et même à l'économie politique, ce qui ne semblait pas le chemin le plus direct pour arriver aux seuls suffrages qu'il disait estimer.

Il est vrai que, grâce à ses amis et à son intérieur, la réalité pouvait lui offrir autant d'attrait que la fiction. Le bonheur domestique lui avait été largement départi. Il était déjà marié quand il vint à Paris, et cette union répandit sur sa vie entière un parfum de félicité intime et profonde : « Je « devins, nous dit-il, je devins éperdument épris d'une jeune « personne, dont les qualités aimables se peignaient sur sa « figure charmante. Notre bonheur a duré quarante-sept ans, « et mon amour pour elle ne dégénéra jamais en amitié. » C'est ainsi qu'il parlait de sa femme dans le dernier ouvrage qu'il a publié à soixante-quinze ans, et sept ans après l'avoir perdue. « Le monde idéal que je rêvais, » dit-il ailleurs, « se trouva réalisé pour moi. Un sujet d'ouvrage s'était na- « turellement offert à ma pensée : je publiai mon *Essai sur* « *l'art d'être heureux.* »

* Ce livre, qui commença sa réputation, obtint au milieu du bruit de l'Empire un tranquille et durable succès; on y remarque des pensées justes spirituellement exprimées : « Qu'est-ce que les peines ? » se demande-t-il. « Des désirs qui surpassent nos forces. » Il ne fait qu'une exception à cette règle : « La mort d'une personne aimée est le seul malheur « réel : qu'on l'éprouve après diverses infortunes, il en ef- « face le souvenir, et l'on sent qu'on ne connaissait pas en- « core la douleur. » Du reste, il fait consister le secret du bonheur dans l'art de régler ses désirs. Cela a toujours été beaucoup plus facile à dire qu'à faire; et je n'oserais affirmer que le sage et doux écrivain ait indiqué des moyens très-neufs et très-énergiques pour arriver à cette fin.

Mais ce qui parle le plus haut en faveur de sa théorie, c'est son exemple. Il a été heureux, et, chose peut-être plus rare, il a tenu à passer pour l'être. Il sut se préserver non-seulement du malheur, mais de l'ennui, qu'il regardait aussi comme un malheur. Et pour fuir cet ennemi, il en revient toujours à son goût prédominant, celui de la retraite. « D'abord, dit-il, on « s'y garantit d'une foule d'importuns et d'oisifs. Des gens qui « ne nous déroberaient pas une pièce de monnaie, nous vo- « lent sans scrupule une heure, un jour : ils ne savent donc « pas ce que c'est que le temps? c'est la vie. » Et ailleurs : « On déclame contre les hommes : j'ai mieux fait, je me suis « éloigné d'eux; et renfermé dans le cercle d'une société peu « nombreuse, il n'est plus pour moi ni sot ni méchant sur la « terre. »

On conçoit que dans ces conditions le bonheur soit chose facile. Celui de M. Droz dut être accru par la vogue de son *Essai*, et par la distinction dont l'Académie française honora son *Éloge de Montaigne,* publié en 1811. C'est ainsi qu'il traversa le règne de Napoléon, dont il ne goûtait nullement le système, et dont il méconnaissait même le génie.

La Restauration s'accordait mieux avec son genre d'esprit, et les institutions libérales dont elle dota la France plaisaient à ses opinions, qui s'étaient modifiées graduellement par l'action de l'étude et du temps, et où ne dominait plus que le désir de la conciliation entre les partis et une foi robuste au progrès de la race humaine.

Aussi son talent prit un nouvel essor. Il se signala par la publication d'un *Essai sur le beau dans les arts*. M. Droz l'avait composé en présence des chefs-d'œuvre que les conquêtes de l'Empereur avaient entassés au Louvre, et il eut le mérite fort rare alors de sentir et de dire que ces chefs-d'œuvre auraient dû rester sous le ciel qui les avait inspirés. Mais l'auteur y concentre trop exclusivement ses études et ses admirations sur les monuments de l'antiquité, de la renaissance et même de l'art moderne. Tout le vaste domaine que le Christianisme a ouvert aux arts lui est demeuré fermé. Il parle beaucoup d'architecture et n'a pas un mot pour les édifices sublimes que l'art de nos pères, l'art chrétien et national, a semés avec tant de prodigalité sur le sol de la France et de l'Europe. Mais nul ne comprenait alors ces incomparables beautés. Depuis près de trois siècles, la France s'était condamnée à les ignorer. Elle passait à côté de ses plus admirables monuments, sans avoir appris à les regarder. Pendant le grand siècle, pas un poëte, pas un prosateur, pas un prêtre même, ne leur avaient consacré le moindre hommage; et les esprits les plus cultivés, comme Fénelon ou Fleury, n'en parlaient qu'avec dédain.

Il était réservé à notre époque, de réhabiliter vingt générations d'artistes, créateurs inconnus et sublimes de nos cathédrales, de nos cloîtres démolis, de nos châteaux en ruine, et des innombrables trésors de peinture, de sculpture, de musique qui ornaient la vie de nos aïeux, et dotaient l'Europe du moyen âge d'un art dont la féconde originalité n'avait rien à emprunter ni à envier au paganisme.

C'est parmi vous, Messieurs, que sont venus siéger les interprètes les plus autorisés de cette autre et meilleure renaissance, qui est à la fois une conquête pour notre gloire nationale et une mine abondante pour l'avenir de l'art.

En 1823, à l'âge de cinquante ans, après avoir étudié les diverses théories morales enfantées par la raison humaine dans tous les pays et dans tous les siècles, M. Droz publia le résumé de ses recherches sous ce titre : *Philosophie morale, ou des différents systèmes sur la science de la vie.*

* On voit que son esprit se tenait toujours sur les hauteurs de la pensée, et ne déviait pas de la ligne qu'il s'était tracée. Mais la science de la vie, comme l'art d'être heureux, se montre en général assez rebelle aux décisions didactiques des philosophes et des écrivains. Pour les nations comme pour les individus, elle ne consiste guère à suivre les doctrines contradictoires et variables des simples moralistes. Dans cet écrit court et substantiel, M. Droz se complaît encore dans les aspirations vagues de son culte pour la morale théorique, et dans son enthousiasme pour les philosophes et les philanthropes. Tout en professant une respectueuse sympathie pour la morale évangélique, qu'on a si étrangement et si stérilement distinguée du dogme, on voit qu'il s'en tient surtout aux axiomes des moralistes de profession : il part de

Cicéron et de Sénèque pour aboutir à Franklin et à Fénelon, et bien entendu à Fénelon travesti par le dix-huitième siècle. On sent un peu trop l'influence de la déclamation sentimentale de Jean-Jacques et de Bernardin de Saint-Pierre. Les apostrophes, les appels aux âmes sensibles abondent. L'assurance du langage ne déguise pas toujours les incertitudes de la pensée. Mais l'amour du bien, la recherche du vrai, le désir passionné du bonheur des hommes, respire dans chacune de ces pages, et fait respecter l'écrivain par ceux même que la fibre un peu molle de sa doctrine ne satisfait pas. Le tableau rapide et lumineux qu'il trace des divers systèmes de la philosophie moderne, et des différents principes d'action auxquels ces systèmes peuvent se ramener, le porte à conclure en faveur de l'éclectisme dont il analyse avec sagacité les avantages, et qu'il essaie de concilier avec ce christianisme vague et indéfini qui ne répugne à personne parce qu'il n'engage à rien. Cependant on démêle facilement le progrès lent et sérieux de la vérité dans son esprit. On assiste à la lutte qui allait désormais remplir sa vie; au conflit de son respect pour les préjugés et les superstitions de son éducation intellectuelle, avec la révolte de son âme droite et pure contre tous les systèmes incomplets ou artificiels. Il se montre encore très-préoccupé des abus possibles du mobile religieux, de la mysticité, de la vie monastique. Mais quand il déclare que l'intolérance qui le choque le plus est celle qui s'unit au scepticisme; qu'il préfère l'ignorance à de fausses lumières; que l'instruction en soi est peu de chose; que l'éducation n'a qu'une base solide, la religion; que mieux vaudrait anéantir tous les systèmes de philosophie morale que de porter atteinte à la religion, seule nécessaire à tous les hommes, seule capable de donner aux plus fortes intelligences comme aux plus faibles, la vie et la lumière : alors on mesure l'intervalle immense qu'il a franchi depuis ses premiers Essais, on aperçoit entre ses mains le fil qui va le conduire hors du labyrinthe; et on s'incline devant ces sommets de la vérité qui commencent déjà à s'éclairer pour lui *.

La *Philosophie morale* lui ouvrit les portes de l'Académie. Il y entra en 1824, et vint avec bonheur rejoindre parmi nous les amis de sa jeunesse : Andrieux, Auger, Picard, Campenon, Roger, esprits distingués, aimables et gais, dont la cordiale et fidèle affection avait fait jusque-là l'honneur et l'attrait de sa vie.

Il voulut aussitôt justifier votre choix, en publiant la suite de l'ouvrage qui l'avait fixé. Cette seconde partie a pour titre : *Application de la morale à la politique.*

* Déjà alarmé de voir tant de gens professer la politique, et si peu s'instruire en morale, il crut porter un remède à ces abus en offrant, avec modestie et dans un esprit de paix, le tribut de son expérience. Il avait d'abord voulu l'intituler : *Legs d'un homme qui a vu des révolutions,* ne se doutant pas que ce triste avantage allait lui être commun avec la jeunesse à laquelle il destinait surtout son ouvrage, et que lui-même avait encore deux révolutions à voir avant de finir sa carrière. L'habitude qu'il avait prise, dans son jeune âge, de regarder le monde comme une sorte de classe de philosophie, lui inspirait une confiance un peu naïve dans les intentions des maîtres et les dispositions des élèves. Elle ne devait pas le préserver de certaines appréciations qui étonnent. C'est ainsi que son horreur pour le régime impérial le porte à regarder les armées permanentes comme un obstacle au progrès de la civilisation ; il va même jusqu'à regretter les victoires des Romains, peuple guerrier, sur les Carthaginois, peuple commerçant : il croit que des cours spéciaux de morale ne manqueraient pas d'une certaine efficacité, et fait des vœux pour que l'on ouvre une école de bon sens. Mais, à côté de ces traces trop durables de ses rêves de jeune homme, l'influence de ses longues et profondes études sur l'histoire de la révolution française se fait visiblement sentir. *

Réduisant tous les systèmes politiques à trois principes : la force, le droit et le devoir, il ne reconnaît comme légitime que la politique du devoir. Son éloquente indignation flétrissait d'avance ces hommes qui, sous des gouvernements paisibles, excitent aux révolutions, en considérant ces bouleversements effroyables comme de simples moyens de civilisation. Il repousse, du reste, la croyance à l'efficacité absolue d'une forme quelconque de gouvernement. Se figurer que tel principe, telle constitution politique est un talisman qui porte en soi le bonheur, lui paraît une insigne folie. Mais toutes ses préférences sont pour le Gouvernement mixte, tempéré, représentatif, qu'il croyait alors nous être assuré pour toujours. Nous avons tous partagé avec lui ces généreuses convictions : nous avons tous cru, comme lui, à l'utilité, à la légitimité, à la durée de ces nobles luttes de la tribune, à un gouvernement dont la condition, comme on l'a dit ici, était de *gouverner dans le combat et par le combat même* (1). Nous ignorions, comme lui, que nous étions dès lors condamnés au supplice de Sisyphe, et que le rocher, à peine soulevé, retomberait toujours sur nos bras épuisés. Mais dès lors M. Droz démêlait avec sagacité les éléments du danger; il appelait de tous ses vœux la formation d'une aristocratie politique, d'un patriciat national. Sans doute, il comprenait, comme nous tous, que les lois écrites ne peuvent ni faire, ni surtout refaire une aristocratie, après l'avoir détruite : mais ce qu'elles peuvent toujours, et ce qu'elles font dans toute l'Europe moderne, c'est d'empêcher ce retour salutaire aux lois de la nature qui ramène l'homme au culte des ancêtres et à la hiérarchie des forces sociales. M. Droz s'élevait avec raison et courage contre cette tendance, il déclarait que l'absence de cet élément de résistance et de durée, devait interdire à l'opposition en France les franchises illimitées dont elle a pu, sans inconvénient, jouir en Angleterre. Quoique n'appartenant, par aucun côté, à ce qu'on appelait alors l'opinion royaliste, il jugeait sévèrement l'opposition de cette époque, qui minait déjà, sans le vouloir, le trône et les institutions qu'elle prétendait défendre. Je me refuse le plaisir de citer, car ce plaisir aurait ses dangers : il me conduirait trop vite sur le terrain des allu-

(1) M. de Salvandy.

sions au présent. En voulez-vous un seul exemple? Voici ce qu'écrivait M. Droz, il y a vingt-six ans : « Qu'on nous donne la « république, nous n'aurons pas un jour de liberté; nous au- « rons deux jours de tyrannie : l'un, sous la populace; l'autre, « sous quelque despote. Nos républiques sont des monarchies « dont le trône est vacant. »

* La politique et la morale devaient conduire naturellement M. Droz à l'économie politique; et d'ailleurs son esprit et son talent se prêtaient avec une égale facilité à une très-grande diversité d'études. Dès sa jeunesse, il s'était occupé de cette science. Jusqu'à la fin de sa carrière, il en suivit attentivement les progrès. Il devint le partisan modéré de la liberté du commerce, tout en reconnaissant la nécessité des transitions et des précautions que comporte la saine politique. Le volume qu'il a publié sur ces matières, et qui a été traduit dans plusieurs langues, témoigne de la profondeur et du caractère pratique de ses recherches. Les principaux problèmes de la science des richesses ont été sondés par lui; il y portait, comme partout, le vif désir de travailler à l'amélioration morale et religieuse de ses semblables. L'économie politique bien conçue ne devait être, selon lui, que l'auxiliaire de la morale et même de la religion. « L'extrême pauvreté, » c'est lui qui le dit, « est une abondante source d'impiété. Parlez de Dieu à « des gens qui manquent de l'absolu nécessaire, et vous rece- « vrez souvent d'effrayantes réponses. » Il oubliait d'ajouter que, pour les individus comme pour les nations, l'extrême richesse est encore une source plus abondante de décadence morale. Il admettait volontiers que l'État eût plus d'action que par le passé sur les moyens d'éteindre la misère; mais sans jamais prétendre remplacer ou amoindrir le concours indispensable des particuliers et des associations volontaires. Vers la fin de sa vie, il enseignait hautement que la science seule ne réussirait jamais à soulager les classes ouvrières. Pour accomplir cette grande œuvre, il y avait, selon lui, deux classes d'hommes à transformer : les ouvriers ivres et débauchés, et les fabricants qui ne voient dans les ouvriers que des

2

machines animées. Sous l'influence chrétienne, l'une de ces classes aurait de l'ordre, et l'autre des sentiments paternels. Il regardait la concurrence comme une des conditions indispensables de notre état social. Ses inconvénients ne peuvent trouver de frein que dans la probité, l'honneur et la délicatesse. Mais pour faire régner ces sentiments, selon M. Droz, une morale incertaine et vulgaire ne suffit pas : il faut toute la puissance des habitudes qu'enfante une éducation religieuse. Du reste, il doutait du succès des philanthropes, et même de leur persévérance. Le seul remède efficace lui semblait être la transformation de la bienfaisance vulgaire en une active et intelligente charité.

J'ai voulu réunir et résumer l'ensemble de ses efforts dans cette belle partie des connaissances humaines : mais je dois ajouter que ces opinions, si nettes et si fermes sur les problèmes les plus redoutables de notre temps, indiquent une phase dernière et définitive de son esprit, que nous signalerons plus tard *.

A la période où nous en sommes, vous aurez remarqué, Messieurs, que cette âme toujours avide de vérité, flottait encore dans le vague ; elle n'était arrivée qu'à des résultats qui ne pouvaient pas la satisfaire.

Mais même à cette époque encore inachevée de son développement intellectuel, il touche et il entraîne par des qualités de plus en plus rares dans la vie littéraire : la sincérité, la simplicité et la modestie. Il ne pose jamais : il ne joue pas un rôle ; parce qu'il savait penser et écrire, il ne se croyait pas appelé à gouverner le monde ou à le bouleverser. Il ne tente rien d'osé, rien d'outré. Il ne recherchait pas pour lui-même la louange et ne la prodiguait jamais. Aussi ne connut-il point le besoin de cultiver la popularité ni d'exploiter ce triste commerce entre l'orgueil et l'adulation, dont Bossuet disait déjà : « On loue pour être loué ; on fait honneur aux autres « pour en recevoir ; et on se paie mutuellement d'une si « vaine récompense. »

D'ailleurs, de jour en jour sa marche devenait plus assurée;

sa plume acquérait une trempe plus mâle et plus vigoureuse. A la chaleur un peu superficielle, à l'émotion quelquefois déclamatoire et par trop continue de ses premiers écrits, succède un style qui, sans cesser d'être pur et noble, commence à traduire l'énergie croissante de ses convictions. Le style et l'homme se révèlent enfin avec toute leur valeur dans le grand travail historique qui fut l'œuvre capitale de sa vie. Il s'y était préparé par de laborieuses études et des recherches prolongées; car il poussait jusqu'au scrupule le respect du public et de lui-même. Le premier chapitre de son court écrit sur la philosophie morale fut rédigé sept ans avant qu'il ne le fît imprimer : et il travailla pendant trente ans sans relâche à son *Histoire de Louis XVI.* Cette longue et patiente étude explique l'attrait particulier de ce livre pour tout lecteur ami de la vérité, dans un temps qu'on a voulu habituer aux dangereux mensonges de l'improvisation historique.

J'ai hâte, Messieurs, de vous parler de ce grand ouvrage qui constitue les véritables droits de M. Droz à la reconnaissance publique et à l'estime de la postérité. Vous en connaissez le titre complet : *Histoire du règne de Louis XVI pendant les années où l'on pouvait prévenir ou diriger la révolution française.*

Ce titre est un peu long, mais il est le résumé du livre et de l'excellente pensée de l'auteur. En vain son libraire lui fit des observations, lui représenta que cette périphrase effrayerait le public, et nuirait au succès. M. Droz tint bon. Il aima mieux consulter sa conscience que sa renommée. Il eut raison, même pour sa renommée. Le public eût confondu son livre avec tant d'autres, plus éclatants et plus populaires, sur la Révolution française : tandis qu'en maintenant au frontispice de son œuvre la pensée qui en fait le fond, il se classe à part, et tranche au profit de la vérité et de la société un problème trop souvent résolu contre l'une et l'autre.

Il proteste donc, dans son histoire, contre cette fatalité mensongère qu'on a donnée pour explication et pour excuse aux plus tristes attentats qui aient souillé notre histoire. Il déclare que l'on pouvait, et par conséquent que l'on devait, prévenir la révolution ; que, n'ayant pas su la prévenir, il fallait essayer de la diriger de manière à l'arrêter au moment nécessaire.

Cette thèse posée, il la démontre avec la plus impartiale fermeté. Il ne plaide pas, il juge. Toujours clair, équitable, modéré, il est souvent éloquent, profond, prophétique même. Des particularités neuves, choisies avec goût, vérifiées avec soin, soutiennent et varient l'intérêt du récit. Mais ce qu'on apprend surtout à goûter, à aimer dans ce livre, c'est l'homme qui l'a écrit, c'est la conscience qui ne fléchit jamais devant la force, qui ne subit aucun des enivrements de la victoire du mal. Il n'est la dupe d'aucun des déguisements du crime, il détruit tous ses abris, lui arrache tous ses masques, lui refuse jusqu'à l'excuse banale du danger de l'invasion ; excuse qui n'en serait pas une, si elle était fondée sur des faits, et qui d'ailleurs est une insulte à la France et à la vérité. Il dit avec fierté et avec raison : « Les Français avaient « beaucoup à craindre d'eux-mêmes, fort peu de l'étranger. »

Même quand son indignation gronde, sa parole est sobre et contenue. Il n'emprunte à ces temps néfastes pas plus leur langue que leurs idées. A aucun titre, la postérité ne pourra le ranger parmi ces adulateurs posthumes du mal, qui ont entrepris, comme dit Tacite, d'abroger la conscience du genre humain, et qui, pour mieux absoudre leurs clients dans le passé, n'hésitent pas à pervertir l'âme de leurs contemporains. La postérité n'aura qu'à ratifier le jugement porté sur le livre de M. Droz par un de ses meilleurs amis, qui siége parmi vous, et qui me disait : « C'est l'histoire de la Révolu- « tion française, écrite par un honnête homme à l'usage des « honnêtes gens. »

M. Droz croyait ne faire qu'une histoire : il s'est trouvé avoir embrassé un sujet contemporain. Lorsqu'il y a quelques années un personnage fameux (1), parlant à une des classes

(1) Le prince de Talleyrand.

de l'Institut, se servit de cette expression : « La Révolution française qui dure encore..... » je me souviens de l'émotion de surprise et d'incrédulité que cette parole produisit sur le public. On croyait alors que la révolution était finie ; beaucoup de bons esprits regardaient son œuvre laborieuse comme définitivement terminée en 1830. Il en était ainsi dès 1789 : à chaque crise traversée, à chaque *journée*, on disait et on croyait la révolution achevée. Aujourd'hui nous connaissons le néant de ces illusions : ce que nos pères et nous, nous avions pris pour l'ensemble de l'œuvre, n'en était qu'un chapitre, qu'une phase. La révolution a repris sa course : elle est venue encore une fois dépasser toutes les appréhensions, déjouer la prudence aussi bien que la témérité, donner raison à tous les fous, et confiance à tous les scélérats.

C'est la même maladie qui dure depuis soixante ans ; qui n'accorde plus à l'Europe que de courts intervalles de repos et de santé, dont nul ne peut entrevoir le terme et dont nous cherchons encore le remède.

La révolution n'est donc pas encore de l'histoire. Elle est toujours vivante : elle nous entoure, nous domine et nous menace toujours. Comme elle n'a changé que d'allure, et jamais de nature, l'étude de ses premières années est pour nous spécialement féconde en lumières : et c'est sur quoi l'ouvrage de mon prédécesseur mérite de fixer surtout l'attention.

Je laisse de côté les causes premières de la révolution, car il me faudrait remonter plus haut encore que ne l'a fait M. Droz : montrer le double courant de la renaissance du paganisme et de la réforme venant se confondre dans un même lit pour saper les fondements du vieil édifice catholique ; signaler l'effort constant et victorieux de la royauté française pour tout niveler autour d'elle, et frayer la voie à l'égalité moderne ; dénoncer ces princes aveuglés, qui, en France et hors de France, creusaient eux-mêmes l'abîme où ils devaient s'ensevelir après y avoir jeté tout ce qui leur résistait dans l'Église et dans l'État : ajouter enfin mille indices prophétiques à ce relâchement coupable du haut clergé, à cette incurable frivolité de la noblesse, à cette corruption sentimentale des lettrés et de leur public, où l'on s'accorde à voir les motifs directs de la révolution. Tout le monde est d'accord pour la regarder comme la conséquence et comme le châtiment des crimes et des torts de l'ancienne société, dont les souverains de nom et de fait avaient graduellement extirpé le principe chrétien qui lui servait à la fois de base et de ciment. Ceux qui bénissent la révolution et ceux qui la condamnent, la font également dériver de la guerre faite par la royauté absolue et la philosophie moderne à l'ancienne société telle que l'union du sacerdoce et de l'empire l'avait constituée. C'est l'opinion vulgaire, et c'est la bonne. Aucun homme sérieux ne daignera compter avec ces systèmes nouveaux qui prétendent tirer la démocratie du catholicisme, et faire de la révolution un commentaire de l'Évangile.

Mais que le châtiment infligé par la révolution fût le remède nécessaire et unique, c'est ce dont il est encore permis de douter. La grande assemblée, chargée en 1789 de guérir les maux de la France, a-t-elle rempli cette mission avec conscience et sagesse? En d'autres termes, le médecin avait-il le droit de tuer son malade? C'est la question qui, de nos jours plus que jamais, doit diviser l'opinion.

Je voudrais vous y arrêter pendant quelques instants, au risque de vous soumettre des observations qui, écrites bien avant les événements récents, y ont perdu beaucoup de leur opportunité ; au risque même de froisser non-seulement des préjugés populaires et invétérés, mais encore des convictions sincères et généreuses qu'il me serait doux de partager. Mais je vous dois avant tout la vérité, ou du moins ce que je prends pour elle ; votre indulgence me tiendra compte de l'intention, et s'il me fallait du courage, j'en puiserais dans l'exemple de mon prédécesseur.

* M. Droz a cru et a prouvé que pendant tout le dix-huitième siècle on aurait pu prévenir la révolution : et à ce sujet il répand une lumière abondante sur des faits trop négligés dans notre histoire. Il rappelle avec sympathie les

efforts tentés par la haute intelligence et la rare intégrité de Machault, pour lequel il revendique une place parmi les meilleurs ministres que la France ait connus. Il explique et justifie les réformes voulues avec tant d'énergie et de raison par Turgot et par Necker. Il condamne à la fois l'aveugle égoïsme des courtisans, et l'opposition intéressée, tracassière, capricieuse des parlements, ainsi que leur résistance acharnée aux améliorations les plus simples et les plus sages. Il signale les motifs puérils qui firent avorter les deux assemblées des Notables. *

Ces préambules écartés, et la révolution ayant commencé, non par la convocation les États-généraux, mais par la main-mise de l'Assemblée nationale sur tous les pouvoirs, il prend à partie cette assemblée : il la montre infidèle aux mandats qu'elle avait reçus de tous ses commettants ; infidèle surtout aux lois de la justice et du bon sens ; méconnaissant comme à plaisir toutes les occasions de rasseoir les esprits, de concilier les cœurs, de pacifier le pays ; faisant le mal au lieu du bien, le faisant sans nécessité, sans excuse, sans prétexte même, par un coupable abus de sa force.

M. Droz, avec la modération de son langage, avec la stricte impartialité de ses conclusions, avec l'enthousiasme sincère pour la liberté et le progrès légitime, qui éclate partout sous sa plume, fait de son livre un acte d'accusation formidable contre la célèbre Assemblée. Il insiste, à bon droit, sur les fautes qu'elle a commises pendant les premiers mois, les premières semaines de sa carrière, à l'heure où il était encore si facile de diriger la révolution en la tempérant. Dans le mal révolutionnaire, plus encore que dans toute autre maladie sociale, ce sont les premiers symptômes du mal qu'il importe surtout de reconnaître et de combattre ; l'enseignement profitable est là, et il n'est pas ailleurs. Personne ici n'a besoin de se prémunir contre les entraînements d'où sont sortis les forfaits de la Convention. Les crimes de 1793, après avoir trouvé des apologistes presque aussi coupables que leurs auteurs, n'inspirent plus aujourd'hui qu'une salutaire épouvante. Ils renaîtront peut-être : nous en serons peut-être les victimes, jamais les complices. Mais qui, d'entre nous, n'a dû, un jour, retrouver, juger, réprimer en lui-même ou chez autrui les illusions et les égarements qui ont conduit la Constituante aux abîmes?

Ne croyez pas du reste, Messieurs, que la triste expérience qui manquait aux hommes de 1789, et que nous avons si douloureusement acquise, sans être pour cela beaucoup plus sages, me rende insensible à tout ce qui agitait les âmes honnêtes et généreuses à cette époque mémorable. Qui ne conçoit et qui n'admire cet immense enthousiasme du bien public? Qui ne dût ressentir le légitime espoir de régénérer la France, de rajeunir son antique génie, de détruire à jamais des abus intolérables? Qui ne comprend tout ce qu'avait de légitime et de nécessaire cet avènement de la bourgeoisie, qu'avait préparé et justifié tout le passé de France? Comment ne pas partager le sentiment d'humiliation et d'envie que devait faire naître dans tous les cœurs le spectacle de l'Amérique, émancipée par le concours de nos armes, et de l'Angleterre, notre ancienne rivale, planant sur le monde du haut de sa vieille et paisible liberté? N'accusons pas les élans magnanimes de ces amis sincères de la justice et de la sainte liberté, dont M. Droz a si noblement interprété les souffrances et les vœux. Mais soyons implacables pour ceux qui firent de leur orgueil et de leur vanité la loi suprême; pour ceux qui tentèrent de substituer les aberrations de l'esprit humain en délire aux lois de la Providence; pour ceux qui, en exagérant tous les dangers du gouvernement des assemblées politiques, indisposèrent dès lors les esprits sages contre ce régime si souvent utile et glorieux. Et de ces dangers, quel est, sans contredit, le plus grand? C'est d'affaiblir le sentiment de la responsabilité en le partageant. On se sent à la fois puissant comme un souverain et obscur comme un ouvrier. On s'arroge à la fois le droit de tout faire ou de tout défaire, et le droit de se perdre dans la foule après la catastrophe.

Tout semblait se réunir alors pour justifier l'ardeur des

uns, la confiance des autres, l'attente de tous. On avait tout pour soi. D'abord le roi : celui de tous les rois qui, selon Mirabeau, a le moins mérité ses malheurs personnels; un roi comme on n'en avait pas vu sur le trône depuis saint Louis; jeune, d'une vie irréprochable, nullement dépourvu de talents, passionné pour le bonheur public, qui répondait aux cris de *Vive le Roi,* par le cri de *Vive mon Peuple;* un roi dont les défauts même, et le plus grand de tous, sa faiblesse, ne provenaient que de sa crainte excessive de blesser l'opinion.

Ensuite, l'accord unanime des honnêtes gens contre les abus de l'ancien régime. Les cahiers de tous les ordres étaient à peu près identiques sur ce point; il n'est pas une réforme utile qui n'y ait été prévue et exigée. C'était le vœu, le cri, l'irrésistible volonté de la France entière. Tout le monde y était ou résolu ou résigné, sauf quelques courtisans sans force ou quelques magistrats sans influence. Là-dessus, Maury, Cazalès et Bouillé étaient du même avis que Lafayette et Mirabeau. Ces inégalités factices, qui froissaient l'amour-propre le plus légitime et l'ambition la plus modeste; ces dédains puérils fondés sur des usages surannés; cette cascade de mépris qui tombait de rang en rang, selon la juste expression de M. Droz, et ne s'arrêtait pas au Tiers-Etat, tout cela était condamné et devait disparaître sans retour.

L'égalité devant la loi, l'abolition de tout privilége inique ou blessant, l'égale répartition de l'impôt, la liberté individuelle, la liberté des cultes, une réforme des ordres religieux et de l'organisation ecclésiastique, concertée entre les deux puissances; tous ces changements si justes, si nécessaires et si urgents, étaient dans le cœur de Louis XVI comme de tous ses sujets; elles n'eussent rencontré nulle part de résistance sérieuse. Elles étaient la conséquence naturelle des mœurs, des idées, de l'histoire même de la France. La distinction des rangs n'avait pas besoin d'être noyée dans le sang, ni la liberté de conscience d'être inaugurée par la plus odieuse des persécutions, dans un pays qui s'enorgueillissait dès lors d'avoir été gouverné par des protestants comme Sully et Necker, et par des plébéiens comme Suger et Colbert.

On avait de plus, par un bonheur rare et inespéré, un groupe de patriotes intelligents et dévoués, modérés et intrépides, d'esprits vraiment politiques, hommes de tribune et de conseil, en qui se résumaient les instincts de la France et les besoins de la situation : Mounier et Lally, Clermont-Tonnerre et Liancourt, Virieu et Malouët, Malouët surtout, le plus persévérant et le plus courageux de tous, qui répondait aux clameurs de la gauche : « De tous les murmures je n'ai jamais « craint que ceux de ma conscience. » M. Droz s'étend avec une complaisance affectueuse sur les nobles efforts de cette élite de bons citoyens, qui n'eurent qu'un tort, celui de se décourager trop tôt. Ces hommes voulaient évidemment tout ce que voulait la France, et tout ce qu'il lui fallait : un gouvernement tempéré, une royauté puissante, un patriciat indépendant et accessible à tous les genres de mérite, une assemblée contenue et temporaire ; en un mot, les bases essentielles de ce gouvernement que nous reçûmes en 1814, qui nous a donné trente-quatre ans d'une liberté, d'une prospérité, d'une sécurité sans pareilles dans notre histoire, et que la France n'a su apprécier qu'après les avoir perdues.

* On avait enfin, pour indiquer la bonne voie, l'exemple de l'Angleterre et de sa révolution de 1688, cet exemple si souvent invoqué par les théoriciens du dix-huitième siècle et si complétement méprisé par leurs disciples. Je n'entreprendrai pas de démontrer à quel point on fut infidèle aux leçons que l'on pouvait puiser dans l'histoire de la révolution de 1688, en présence de l'homme illustre qui préside à cette séance et qui s'est approprié, parmi nous, ce grand enseignement. Grâce à lui, chacun sait que cette révolution, loin d'être l'origine de la constitution si enviée de l'Angleterre, n'en fut que la conséquence et la sanction. Faite par des aristocrates, avec l'assentiment de l'immense majorité du peuple, elle a duré comme durent les œuvres d'où la mesure n'exclut pas l'énergie et où le soin de garantir le présent ne va pas jusqu'à

détrôner le respect du passé. Ses auteurs obéissaient à ce qu'ils croyaient être une nécessité du moment. Ils n'imaginèrent pas de bouleverser leur pays pour le sauver, ni de déraciner la société pour la replanter la tête en bas. Ils refusèrent, tout en l'appliquant, d'invoquer ou de consacrer ce droit à l'insurrection qu'il n'est donné à personne de comprimer après l'avoir proclamé. Ils évitèrent, avec un soin scrupuleux, tout ce qui touchait de près ou de loin aux abstractions ou aux théories pour s'en tenir aux traditions et aux institutions anciennes. Ils n'effectuaient une dérogation partielle, temporaire, hautement regrettée, à la plus ancienne de ces institutions, à l'hérédité du trône, que pour confondre ce trône avec les libertés publiques dans une union qui a déjà duré près de deux siècles; ils affirmaient une fois de plus la règle par l'exception, et ils surent ainsi, selon l'expression de Burke, faire de la crise de 1688 le berceau de la stabilité et non la pépinière inépuisable des révolutions de l'avenir.

On dira que la France n'est point l'Angleterre, et, après nos soixante dernières années, on aura beau jeu pour soutenir qu'elle n'est point faite pour jouir des mêmes droits avec la même prudence et la même persévérance. Mais on ne fera jamais croire à un juge impartial qu'elle fût condamnée, en 1789, à se précipiter dans l'inconnu, au risque d'y rencontrer les mécomptes les plus humiliants et le crime élevé à sa plus haute puissance. C'est au livre de M. Droz qu'il faut renvoyer ceux qui auraient encore des doutes à cet égard. Ils y verront combien il s'en est fallu de peu que l'on ne touchât au but et que l'on ne s'y maintînt; ils comprendront et partageront sa patriotique douleur.

Que ne s'est-on contenté de la déclaration royale du 23 juin, qui, développée et appliquée par les États-Généraux, eût répondu à toutes les exigences des cahiers qu'ils avaient reçus de leurs mandataires? Que ne s'est-on arrêté au lendemain de la nuit du 4 août, de cet élan généreux et spontané, qui mettait un terme à tous les abus et à toutes les injustices de l'ancien régime? La France se fût replacée tout naturellement à la tête du monde ; l'Europe entière, loin de s'armer contre nous, ce qu'elle ne fit, du reste, qu'à la dernière extrémité, se fût élancée sur nos traces ; et en nous rappelant les origines de nos institutions, en calculant leur avenir, en les comparant à l'histoire des nations voisines, nous ne connaîtrions ni l'envie, ni la crainte, ni la honte *.

S'il en a été autrement, à qui faut-il imputer cet irréparable malheur? Disons-le hardiment, avec M. Droz, à la majorité de l'Assemblée constituante, à son aveuglement, à son implacable orgueil. C'est elle qui détourna le cours naturel des aspirations de la France ; c'est elle qui changea le sens des choses et des mots. Jusqu'alors, on avait donné le nom de Révolution à ces crises toujours redoutables, mais quelquefois salutaires et légitimes, qui ravivaient l'existence des peuples, comme celle de 1688 en Angleterre ; comme celle qui avait rendu au Portugal, asservi par l'Espagne, sa nationalité glorieuse ; comme celle qui venait d'armer la Belgique, pour ses vieilles libertés, contre les innovations tyranniques de Joseph II ; comme celle encore qui allait jeter une lueur d'espérance et de vie sur la noble Pologne, déjà mutilée par ses trois spoliateurs. Jusqu'alors, on avait cru que la Constitution d'une nation, comme celle de l'homme, était son tempérament naturel, fortifié, amélioré par l'âge, l'éducation, le travail et l'expérience. C'est l'Assemblée de 1789 qui fit du mot de Révolution le synonyme de la destruction méthodique, de la guerre permanente contre tout ordre et contre toute autorité ; c'est elle qui baptisa du nom de Constitution ces créations artificielles de la scolastique des partis, sans racines et sans majesté, éphémères comme la passion et stériles comme l'orgueil.

* Sans doute l'Assemblée constituante renfermait une foule d'hommes distingués, doués de tous les trésors de l'éloquence, et la plupart animés d'un amour sincère de l'humanité. Sans doute elle opéra des réformes indispensables que la monarchie avait préparées, et que lui imposaient d'ailleurs ses commettants. Mais son œuvre fut à la fois coupable et in-

sensée, parce qu'elle dépassa toujours le but, sans y être contrainte par les hommes ni par les choses. Là, comme depuis, comme toujours, la révolution vint d'en haut, avant de venir d'en bas. Avant de descendre dans les masses, elle fut conçue et fomentée par un petit nombre d'ambitieux dont les malheurs ont trop fait oublier les crimes. L'Assemblée commença par détruire le mandat qu'elle avait reçu de la royauté et des électeurs, seule origine légitime de ses pouvoirs. C'était se proclamer omnipotente et infaillible. Elle eut bien plus de présomption et d'orgueil que de lumières. Elle méconnut la première condition du vrai législateur : la défiance de soi et de la nature humaine. Les ténèbres et le néant de l'homme livré à lui-même, ne lui inspirèrent jamais cette modestie qui est une vertu publique aussi bien qu'une vertu chrétienne. Elle semble n'avoir jamais eu la conscience de cette inexpérience que de trop indulgents apologistes lui donnent pour excuse. Amoureuse de théories et de métaphysique, pleine de mépris pour les faits et d'une confiance niaise dans les lieux communs, elle ne voulut pas comprendre qu'en politique les idées vraies ne sont jamais simples, mais presque toujours complexes, parce que la politique n'est pas de la géométrie. Elle déchira ces symboles, ces traditions, ces formules qui sont le vêtement nécessaire de notre nature infirme, pour la jeter frissonnante et nue dans les déserts de l'abstraction. Elle eut cette manie de l'uniformité, qui est la parodie de l'unité et que Montesquieu appelle la passion des esprits médiocres. On la vit tour à tour dominée par la pétulance des rhéteurs et l'outrecuidance des sophistes, altérée de cette popularité qui n'honore pas plus qu'elle ne dure, poussant jusqu'à la servilité la tolérance des minorités factieuses, impitoyable envers la royauté vaincue, inerte et muette devant l'émeute et l'assassinat *.

Les hommes que j'accuse, parce que leur mémoire est encore debout, et parce que leur esprit vit encore parmi nous, se trouvèrent en présence d'un édifice majestueux et vénérable, qui exigeait de vastes réparations et une nouvelle distribution. Plutôt que de le réparer, de le consolider, de l'embellir, ils aimèrent mieux en saper les fondements, en ne laissant, comme dit M. Droz, à ceux qui vinrent le renverser, qu'à invoquer leurs principes et à imiter leur exemple. Ils se figuraient qu'on pouvait ici-bas tout changer, tout créer à volonté. L'homme n'a ni ce droit, ni cette force. Celui des disciples de M. Droz qui lui a fait le plus d'honneur, votre confrère, M. Nodier, disait avec raison : « La mission du génie « est de conserver, quand il vient trop tard pour créer. » Il y avait alors beaucoup à conserver en France, ne fût-ce que l'honneur de son histoire et sa bonne renommée devant le monde. Chaque progrès récent de la science historique a confirmé la vérité du principe posé ou plutôt deviné par madame de Staël : « Ce n'est pas la liberté qui est nouvelle en Europe, « c'est le despotisme. » Cela était vrai de la France, comme de tous les autres peuples chrétiens. On pouvait, on devait donc revendiquer la liberté comme l'imprescriptible apanage de la France, comme le patrimoine du peuple franc par excellence. On pouvait renoncer à cet enthousiasme aveugle pour la royauté, qui était devenu depuis peu le seul principe de l'ancien régime, et qui formait un si étrange contraste avec l'abaissement de Louis XV, sans renoncer en même temps au bénéfice des douze siècles d'existence pendant lesquels la France avait traversé tant de fortunes diverses. On pouvait oublier les deux ou trois dernières générations, sans renier toute l'histoire de son pays. Il fallait oublier tout le règne de madame de Pompadour et de son adulateur Voltaire, pour aller, en remontant le cours des âges, réclamer les droits périmés mais non éteints, qu'une nation sans cesse distraite par la guerre et la cour avait laissé peu à peu confisquer par ses rois. En les adaptant aux mœurs nouvelles, aux exigences de l'unité nationale, on centuplait leur valeur. La liberté acquérait ainsi des ancêtres. On l'identifiait avec les gloires et les forces du passé. C'est précisément ce que ne voulait pas l'Assemblée constituante. Elle voulait une liberté faite de ses mains, créée par son souffle. Elle ne voulait pas de la liberté à titre d'héritage du passé : et cependant ce titre était la plus sûre des garanties, parce que l'homme, quoi qu'on fasse, a besoin de cette transmission pour se croire vraiment propriétaire d'un bien quelconque; parce que l'ambition secrète du novateur le plus audacieux est de se chercher des aïeux dans le passé; parce que chacun hérite, même malgré lui, de la pensée des siens, comme de son nom, de sa langue, de sa vie : parce qu'en tout l'hérédité est l'accord de la raison et de la nature.

L'Assemblée constituante aima mieux déclarer que le peuple français n'avait été pendant douze siècles qu'un amas d'esclaves, afin de se faire un peuple neuf, un peuple fabriqué de la veille, comme une machine propre à faire l'expérience des théories et des abstractions dont elle s'était éprise. Elle traita la France en pays conquis : elle mit à sac toutes les affections, tous les souvenirs, tous les vestiges du passé; elle les immola tous à cet orgueil cruel qui est le propre des novateurs.

Les nations ont une âme comme les individus : pour n'être pas immortelles, elles n'en ont pas moins leur raison d'être dans le passé et de longues espérances d'avenir. C'est sur cette âme de la France que la Constituante porta la main : elle entreprit de la tuer : elle y réussit à moitié.

Rabaut Saint-Étienne lui avait dit : « Pour rendre le peu-
« ple heureux, il faut le renouveler : changer ses idées;
« changer ses lois; changer ses mœurs...; changer les
« hommes; changer les choses; changer les mots...; tout dé-
« truire; oui, tout détruire, puisque tout est à recréer. »
L'Assemblée choisit pour président l'auteur de ce programme, et elle l'appliqua servilement. Elle crut avoir tout fait, parce qu'elle avait tout changé ou tout détruit. On aurait pu lui rappeler qu'il ne faut qu'une cognée et un quart d'heure pour abattre le plus beau chêne de nos forêts, et qu'il faut un siècle pour le remplacer. Mais elle ne comptait pas plus avec le temps qu'avec la nature. Elle fit la guerre à l'un et à l'autre, sous prétexte de la faire aux préjugés. La durée avait été

jusque-là la condition de toute force et de toute grandeur : elle en fit un principe de déchéance et de mort civile.

* Tout en inaugurant l'intervention du pouvoir, sous le nom de l'État, et sous la forme de la démocratie, dans les régions qui lui avaient échappé jusque-là, elle désarmait la société. Elle partait de cette erreur fondamentale que l'homme est essentiellement bon, et la société essentiellement mauvaise : tandis que c'est le contraire qui est vrai, que l'homme tombé est naturellement mauvais, et que la société a été instituée par Dieu pour le contenir et l'aider à se corriger. De là sa complicité avec toutes les convoitises de l'égoïsme. Elle alla flatter dans le cœur des peuples, *ce secret principe d'indocilité* dont parle Bossuet, et qu'on y retrouve toujours. Loin de réprimer, elle ne fit qu'encourager, tantôt par son silence, tantôt par ses actes, ce que Mirabeau appelait l'*agitation démoniaque de vingt-quatre millions de fous.*

Des deux institutions fondamentales, que l'on retrouve chez tous les peuples, chez les Arabes du Sahara algérien, comme chez les Germains de Clovis, le patriciat et le sacerdoce, elle anéantit l'une et proscrivit l'autre. La hiérarchie divine lui a résisté : la hiérarchie humaine a succombé sous ses coups.*

N'ayant pas su lire dans l'histoire du monde qui démontre que nulle part la démocratie n'a pu régner sans dégénérer en despotisme, elle entreprit de fonder en France la démocratie. Pour y réussir elle dut renverser toutes les barrières qui jusque-là avaient contenu la tyrannie, soit des rois, soit des masses. Elle introduisit l'instabilité partout, dans l'État comme dans l'Église, dans la propriété comme dans la famille. Elle eut la bizarre idée de superposer une royauté héréditaire à cette démocratie souveraine dont elle avait banni toute tradition, toute durée et toute hérédité. Elle créa un état politique et social qui jusque-là ne s'était jamais vu dans le monde. En un mot, elle fut condamnée à combattre sous toutes les formes les deux bases de toute société, l'autorité et l'inégalité.

Je dis l'inégalité, qui est la condition évidente de l'activité, de la fécondité, de la vie sociale; qui est à la fois la mère et la fille de la liberté : tandis que l'égalité ne peut se concevoir qu'avec le despotisme. Non pas certes cette égalité chrétienne, qui a pour vrai nom l'équité, mais cette égalité démocratique et sociale qui n'est que la consécration légale de l'envie, la chimère de l'incapacité jalouse; qui n'a jamais existé que de nom ou pour un moment, et qui ne pourrait devenir une réalité que par la destruction de tout mérite, de toute vertu.

Si les hommes pouvaient être tous égaux entre eux, la première condition de leur existence serait la suppression complète de la liberté. La nature humaine répugne heureusement à cet excès de misère. Mais ne voyons-nous pas propager partout en Europe ce goût dépravé du nivellement qui préfère l'égalité dans la servitude à l'inégalité dans la liberté, et qui fournit au despotisme son plus solide appui et sa plus éclatante justification? N'a-t-on pas déjà reconnu et avoué que chaque progrès des peuples modernes vers l'égalité était une étape vers le pouvoir absolu.

Or, ne l'oublions pas, ce sont les législateurs de 1789 qui ont inscrit dans nos lois, et dans nos cœurs, en dépit de la nature et du bon sens, cette vaine promesse dont la réalisation toujours promise et toujours attendue constitue la société à l'état permanent de mensonge et de guerre. Faciliter au vrai mérite l'accès des carrières les plus brillantes, satisfaire toutes les ambitions légitimes, moyennant l'épreuve du travail et de la persévérance, c'est un devoir; mais stimuler la production factice et universelle de prétentions sans limites, en renversant toutes les digues d'ailleurs si flexibles, que la tradition, l'habitude, les souvenirs de famille opposaient au torrent des médiocrités avides; c'était une criminelle folie. Cette folie nous l'avons faite, et nous en subissons la peine.

Il faut avoir la franchise de l'avouer au milieu des dangers dont nous sommes assaillis : en appelant tous à tout, on a aggravé le mal qu'on prétendait détruire; on a éveillé les ambitions endormies sans pouvoir les satisfaire ; on a irrité, provoqué, enflammé toutes les cupidités, et on s'est ôté le droit et la force de les réprimer ; on a tué le sentiment le plus tutélaire, le bonheur d'être à sa place, à son rang ; on a promis plus qu'aucune société ne peut tenir ; on a créé un problème insoluble et on a rendu la France entière victime d'une odieuse déception. L'équilibre entre les désirs et les jouissances, entre le droit et le fait, a été rompu. Les cœurs, dévorés par la convoitise, et navrés par les mécomptes, s'ouvrent d'eux-mêmes à l'appel des passions qui leur montrent dans un avenir chimérique la compensation de leurs angoisses. C'est ainsi que la tempête est devenue incessante, la révolution éternelle. C'est ainsi que l'inégalité des fortunes est devenue le point de mire des ambitions déçues et des candidats rejetés. En proscrivant toutes les propriétés collectives, toutes les associations solidaires ; en déchirant tous les liens antiques entre l'homme et ses ancêtres, entre l'homme et la terre, entre l'homme et l'homme ; en détruisant tous les prestiges, toutes les fictions qui établissent entre les diverses classes de toute nation bien organisée une gradation bienfaisante, la Constituante n'a plus laissé que deux armées en présence, les propriétaires et les prolétaires. Ce n'est pas la Convention qui a semé ce poison : c'est la Constituante. Elle avait peut-être le fol espoir que le flot déchaîné par elle s'arrêterait devant la distinction qui naît de la richesse, après avoir effacé toutes celles qui naissent de la gloire, des services rendus, des droits acquis ; comme si la richesse et la propriété elle-même n'était pas aux yeux du pauvre et du prolétaire, de tous les priviléges le plus exorbitant, et de toutes les inégalités la plus blessante. Non, la propriété, dernière religion des sociétés abâtardies, ne résistera pas seule au bélier des niveleurs. N'a-t-on pas vu de nos jours contester jusqu'au privilége de l'intelligence, et faire un appel à l'ignorance pour abriter la révolution ? Tant il est vrai que, pour rester dans la logique, le dogme de l'égalité ne doit pas plus respecter le mérite et la fortune que la naissance.

Mais, d'ailleurs, l'Assemblée constituante elle-même a légué au monde un exemple fatal, et dont nous avons déjà pu apprécier les conséquences. Jusqu'à elle la confiscation des biens n'avait existé qu'à titre de pénalité : la première elle en fit une ressource fiscale et un principe d'utilité publique. En proclamant le droit de l'État sur la propriété de l'Église, elle déposa dans nos institutions et dans nos idées le germe du communisme. Il n'est pas un argument employé par les orateurs de sa majorité contre les moines et contre les évêques, qui n'ait été retourné de nos jours contre les capitalistes et contre les propriétaires oisifs. Ouvrez le *Moniteur*, changez les noms et les dates, et vous y trouverez la première édition des doctrines qui ont le plus effrayé l'Europe contemporaine.

Je ne dis rien de ce qu'elle a fait contre la religion : on sait assez ce que j'en dois penser. Je remarque seulement qu'elle inaugura ses travaux par une déclaration pompeuse en faveur de la tolérance universelle, et de la liberté des cultes; qu'ensuite elle se transforma en concile, se mit à interpréter le droit canon, et après avoir confisqué le patrimoine du clergé, tenta de lui confisquer sa conscience en lui imposant un serment qui devint le prétexte de la persécution la plus sanglante que l'Église ait subie depuis Néron.

En résumé, l'Assemblée constituante ne manqua pas seulement de justice, de courage, et d'humanité, elle manqua surtout de bon sens. Le mal qu'elle a fait lui a survécu. Elle nous a désappris à obéir. Elle nous a fait croire que l'on pouvait tout défaire et refaire en un jour. Elle a inauguré contre le plus doux et le plus irréprochable des rois, cette série d'attentats qui devait habituer un peuple égaré à toutes les injustices et à toutes les ingratitudes dont nous avons été témoins.

Dieu l'a châtiée surtout par la stérilité de ses œuvres. Elle prétendait fonder à jamais la liberté, et elle eut pour successeurs les tyrans les plus sanguinaires qui aient jamais déshonoré aucune nation. Elle avait pour mission de rétablir les finances, l'empire de la loi, et elle a légué à la

France la banqueroute, l'anarchie et le despotisme, le despotisme sans même ce repos dont on fait à tort la compensation de la servitude. Elle a fait plus : elle a laissé des prétextes pour tous les abus de la force et des précédents pour tous les excès de l'anarchie future. Mais elle n'a rien fondé : rien ! L'ancienne société qu'elle renversa, avait duré, malgré ses abus, mille ans : la nôtre, celle que la Constituante a voulu créer, est déjà à bout de voie, et elle dure à peine depuis cinquante ans. Si nous vivons encore, s'il nous reste une législation civile, une organisation judiciaire, militaire, administrative, fiscale, qui ont survécu à nos tourmentes politiques, on sait à qui nous le devons : aux éléments d'ordre et de vie que Louis XIV et Napoléon ont déposés dans nos codes, Napoléon surtout, moins grand à mes yeux pour avoir vaincu à Austerlitz et à Iéna, que pour avoir livré à l'esprit révolutionnaire dont il était issu, une première bataille, et pour l'avoir à demi gagnée.

Les chefs de l'Assemblée constituante s'enorgueillissaient de deux œuvres capitales : la constitution civile du clergé, qu'il suffit de nommer pour la qualifier ; et la Constitution de 1791, qui a duré trois fois moins de temps qu'on n'en avait mis à la discuter. En revanche, ils posèrent tous les principes dont la Convention ne fit que tirer les conséquences, et dont la plus récente de nos révolutions nous a révélé la fatale et permanente vitalité. Ils ne proscrivirent pas la propriété, mais ils l'ébranlèrent jusque dans ses racines. Ils ne proclamèrent pas le culte de la Raison, mais ils le pratiquèrent. Ils n'abolirent pas la royauté, mais ils la livrèrent désarmée, enchaînée, avilie, avec un sceptre de roseau et une couronne d'épines, aux bourreaux qui venaient les remplacer.

Je ne nie pas que ses adversaires et ses victimes aient commis des fautes ; et les succès d'un parti, en temps de révolution, résultent bien moins de son habileté que des fautes du parti contraire. Au premier rang de ces fautes, que M. Droz dénonce avec une rigoureuse justice, il place les illusions provoquantes des émigrés. En présence de l'invasion formidable des révolutionnaires, disciplinés jusque dans leurs excès, et heureux jusque dans leurs folies, il signale chez les royalistes ce que Mirabeau appelait si bien « l'incohérente agitation du dépit impatient ; » il gémit de les voir toujours dominés par les esprits les plus étroits et les plus passionnés de leur parti, sacrifiant toute tactique honnête et nécessaire à des rancunes puériles, et concentrant leur haine sur l'obstacle du moment, au risque de compromettre le salut définitif.

L'impartiale sévérité de M. Droz l'oblige à démontrer, en le regrettant, qu'une fraction considérable de la noblesse française a donné alors une nouvelle preuve de cette incapacité politique qui se remarque dans tout le cours de sa brillante histoire. Ajoutons qu'elle l'a su glorieusement racheter le jour où, tout l'honneur de la France étant réfugié sous les drapeaux, et le pays divisé à l'intérieur en deux camps, celui des victimes et celui des bourreaux, elle s'est trouvée tout entière dans le camp des victimes.

Ces fautes expliquent le succès de la Révolution, mais n'excusent pas ses crimes. Or, la seconde moitié de 1789 fut pleine de crimes et de sang. Ce sang, noyé dans les torrents qui ont depuis inondé la France, a presque disparu de nos souvenirs. Il faut le rappeler toutefois pour l'enseignement d'un peuple qui n'a point encore appris à en rougir et pour le châtiment de ceux qui le laissèrent verser sans le venger, sans même s'en indigner. Il faut lire dans M. Droz, dans les pages de cet honnête homme indigné, de cet ami consterné de la vraie liberté, le récit des attentats qui souillèrent le berceau de la Révolution, et cette ère trop célèbre que l'on vante en les oubliant.

1793 était déjà tout entier dans 1789; car c'est en 1789 que fut proclamée l'impunité de l'assassinat politique. Pour moi, le sang innocent du jeune Belsunce, du septuagénaire Foulon, de Berthier, de Flesselles, des vaincus de la Bastille, des victimes des 5 et 6 octobre, et de tant d'autres immolés avec une férocité si lâche, me révolte peut-être encore plus que les massacres en règle de la Terreur. Et pourquoi? Parce que ces attentats, dont l'Assemblée ne daignait pas s'émouvoir, venaient se mêler aux discussions sur les droits de l'homme, aux déclamations de Robespierre, préludant à l'institution du tribunal révolutionnaire par des motions contre la peine de mort, à toute cette sensibilité hypocrite qui invoquait sans cesse la vertu, à cette philanthropie homicide, à cette indulgence malsaine pour le crime, qui est elle-même le plus grand des crimes contre l'humanité, et le signe irrécusable de la décadence sociale.

* Quand M. Droz m'apprend d'une part que les victimes politiques acquittées par la justice impuissante, étaient immolées par le peuple à la porte du tribunal qui venait de les absoudre, je ne m'étonne pas de voir ailleurs cette même populace fondre sur le cortége qui conduisait au dernier supplice un parricide, afin de l'arracher à l'échafaud. Mais quand je vois le meurtre, le pillage et l'incendie couvrir le pays, et les meneurs de l'Assemblée et de l'opinion fermer les yeux pour décréter un relâchement dans la police criminelle, et un sursis général à toutes condamnations déjà prononcées, je demeure confondu.

Le jour où l'Assemblée constituante, après les massacres du 14 juillet et du 6 octobre, resta froide, divisée, incertaine, consentit à discuter avec l'émeute, et finit par s'incliner devant elle, je dis avec M. Droz que ce fut le jour de son jugement : elle avait perdu la France en se déshonorant elle-même.

Certes, elle aurait pu chaque jour s'arrêter, remonter la pente du mal, réparer toutes ses fautes. La logique de l'erreur est impitoyable; mais elle n'est pas invincible. Il ne faut jamais laisser croire à l'homme qu'il est irrévocablement enchaîné au mal parce qu'il l'a commis ou toléré. Les avertissements salutaires, les prédictions lugubres ne manquèrent jamais à cette assemblée : mais jamais elle ne voulut ni se corriger ni se repentir. Elle refusa d'écouter ses oracles habituels, Mirabeau, Duport, Barnave lui-même, ses plus grands orateurs, du moment où ils essayèrent de la ramener au vrai. Elle réduisit également au désespoir et ceux qui blâmaient le mal tout en se résignant à le servir, et ceux qui devaient couronner par leur mort la gloire de lui avoir résisté. M. Droz a recueilli deux mots qui nous font lire dans l'âme de ces deux catégories d'hommes : Sieyès, qui devait voter sans phrase la mort de Louis XVI, disait quatre mois après la réunion des États-Généraux : « Si j'avais su comment tour- « nerait la révolution, je ne m'en serais jamais mêlé ! » et le duc de la Rochefoucauld qui allait être massacré à Gisors, après avoir professé pendant toute sa vie les opinions les plus libérales, s'écriait, en apprenant les meurtres commis lors de la prise de la Bastille : « Il est bien difficile d'entrer dans la « véritable liberté par une pareille porte. »

Il disait vrai, Messieurs, la liberté porte encore et portera longtemps la peine de la révolution.

Ayons le courage de le dire en présence des arrêts de l'histoire et des menaces de l'avenir : la révolution de 1789, *telle qu'elle s'est faite,* n'a été qu'une sanglante inutilité. Tous les bienfaits qu'on lui attribue, ses conséquences durables que nul ne songe à contester, les droits et les garanties qui nous sont devenus comme une seconde vie, tout cela eût été obtenu graduellement, complétement, sans aucune des violences révolutionnaires, et n'en eût été que plus solidement enraciné, plus universellement respecté. Prétendre qu'il valait mieux conquérir la liberté politique et l'égalité devant la loi par une crise meurtrière que par un effort légitime et continu, par la persévérante énergie du droit et du sacrifice, c'est une doctrine qui aujourd'hui ne devrait guère être professée que par les hommes déterminés à livrer un assaut semblable à la société actuelle, encore toute meurtrie et mal assise par la faute de nos pères et par la nôtre. Qu'on le sache bien, tout homme qui absout sans réserve 1789, prononce d'avance la sentence de mort contre tout gouvernement de son choix et de son temps.

Car 1789 ne fut pas la liberté : ce fut la révolution. Le

danger, peut-être irrémédiable de la liberté, dans nos temps modernes, c'est d'être confondue avec la révolution. On a sans cesse pris les orgies de l'une pour les victoires de l'autre. Un écrivain distingué [1] l'a dit : la liberté politique en France a un grand malheur, c'est d'être née de la révolution et par suite de n'avoir guère servi qu'à la révolution. Et cependant, à vrai dire, ce sont les deux contraires. La liberté c'est le droit limité par le devoir. La révolution n'est que la force triomphant à la fois du devoir et du droit.

Qu'on ne vienne donc pas objecter les intérêts de la liberté, à ceux qui combattent et déplorent la révolution ; à ceux qui, comme vous tous, Messieurs, ont, dans ces dernières années, lutté contre les égarements et les conquêtes de l'esprit de désordre. La liberté, c'est nous qui l'avons défendue, nous défenseurs de l'autorité, de l'ordre et de la loi. Oui, la liberté vraie, la liberté réglée, loyale, à la fois virile et pure, c'est entre nos mains seules qu'elle pouvait fleurir ; c'est nous seuls qui l'avons aimée, servie, comprise, qui n'en avons pas dégoûté l'univers. Avec nous, par nous, et si l'on veut contre nous, elle pouvait vivre. Avec nos ennemis, elle est la première immolée. On peut nous calomnier, nous accuser, nous traiter d'amants du despotisme : notre conscience parle ; nos actes aussi ; et aussi l'histoire qui dira de quelle passion sincère la France entière, aujourd'hui troublée dans sa foi, a aimé la liberté, jusqu'à ce qu'une nouvelle explosion de la lave révolutionnaire fût venue recouvrir l'Europe et déconcerter les plus hardis d'entre nous.

Je ne parle pas ici de la révolution comme d'un fait, d'un acte, d'un orage passager ; je parle de la révolution érigée en principe, en dogme, en idole ; de cette révolution qui ne se borne pas à un pays, à une époque, mais qui prétend envahir l'esprit humain tout entier, lui tenir lieu de religion et de société ; qui prêche la légitimité de l'insurrection partout et toujours, sauf contre elle-même ; qui, sous le nom de démocra-

[1] M. le comte Franz de Champagny.

tic, n'est que l'explosion universelle de l'orgueil; qui, après avoir tout obtenu, demande encore tout, insatiable comme la mort et comme elle implacable. Je dis que cette révolution, non-seulement n'est pas la liberté, mais qu'elle en est l'antipode. Victorieuse ou vaincue, elle tue la liberté, en la supprimant quand elle triomphe; en la faisant redouter et haïr, quand elle l'invoque dans ses défaites. C'est elle qui prépare les peuples à la tyrannie; elle les en rend dignes; elle leur apprend surtout à s'y résigner, crainte de pire.

Voilà pourquoi les deux plus fameux champions de la liberté, parmi les modernes, deux hommes très-divers, mais qui, tous deux, devaient leur force et leur renommée à l'insurrection contre les pouvoirs établis, ont fini par réagir contre la révolution française. Washington, aussi pur qu'il était grand, s'en inquiète dès l'origine, et à la fin de sa carrière, il accepte le commandement d'une armée destinée à la combattre. Mirabeau, au milieu de ses triomphes oratoires, s'arrête, désespéré de n'avoir attaché son nom qu'à une vaste destruction[1]; il consacre son énergie, son habileté, à empêcher le triomphe de la démocratie[2], à préparer la régénération de la royauté; et loin d'en rougir, il veut que la postérité le sache; il compte sur ces efforts pour se faire pardonner les dérèglements de sa jeunesse; et sur son lit de mort, il dit à son ami : *C'est là qu'est l'honneur de ma mémoire.*

J'ai trop de fois nommé Mirabeau pour ne pas vous rappeler, Messieurs, que M. Droz a consacré un volume presque entier à l'étude de la transformation que subit le grand orateur à partir du jour où il vit le roi captif d'une Assemblée elle-même captive, mais captive volontaire de Paris et de la révolution. M. Droz nous a révélé d'avance les principaux traits de cette correspondance, dont la publication récente a jeté sur le génie et le cœur de Mirabeau une lumière si imprévue. Charmé, sans être dominé, par ce rare génie, il l'a

[1] Voir sa lettre au roi, citée par M. Droz, t. III, p. 188, et ses paroles, t. III, p. 74.

[2] Droz, t. II, p. 200.

peint dans son étonnant mélange de faiblesse et de grandeur d'âme; avec ses tergiversations, ses chutes, ses retours; aimable, fier, séduisant, superbe, mais condamné à être à lui-même son plus grand obstacle. On le voit jurant d'effacer ses fautes par de gigantesques labeurs, par un indomptable courage; mais manquant toujours, même aux yeux d'un public corrompu, de l'autorité que la seule vertu donne à l'éloquence. Il dit, en gémissant de ses désordres : « Je pour-« rais les expliquer, mais je ne veux pas les excuser; » et il les recommence. Tantôt il supplie la cour de lui permettre d'écraser l'ennemi, et tantôt il se livre aux ébullitions de sa verve révolutionnaire pour faire sentir sa force et désirer son concours. Aristocrate par instinct, royaliste et libéral par raisonnement, il veut le rétablissement non de l'ordre ancien, mais de l'ordre; non la contre-révolution, mais la *contre-constitution;* il déclare que la prérogative royale est le plus précieux domaine des peuples ; il se proclame le défenseur du pouvoir monarchique réglé par les lois, et l'apôtre de la liberté garantie par le pouvoir monarchique; et, en même temps, par une tactique aussi déloyale qu'imprudente, sans craindre la contradiction flagrante de sa conduite publique avec ses engagements de conscience, il pousse l'Assemblée dans les voies de la violence et de la persécution.

A la fin, le bien l'emporte. Il concentre toute sa politique sur les moyens de raviver le pouvoir exécutif; il fait maintenir la formule *Par la grâce de Dieu* dans les actes de la royauté; il jure de désobéir à la première loi de proscription contre les émigrés. « Personne, » disait-il fièrement à Malouët, « personne ne croira que j'ai vendu la liberté de mon « pays, que je lui prépare des fers. Je leur dirai; oui, je leur « dirai : vous m'avez vu dans vos rangs luttant contre la ty-« rannie, et c'est elle que je combats encore. Prenez bien « garde que je suis le seul, dans cette horde patriotique, qui « puisse parler ainsi sans faire volte-face. Je n'ai jamais « adopté leur roman, ni leur métaphysique, ni leurs crimes « inutiles. » Mais il ne devait pas avoir le bonheur de réparer le mal qu'il avait fait : la mort le saisit au moment où il se croyait sûr de sauver la monarchie, la France et sa propre gloire. Il avait trop longtemps spéculé sur les passions humaines, trop manœuvré, trop louvoyé, trop compté sur lui-même, trop oublié Dieu. Comme il touchait au but, Dieu l'arrête pour lui signifier la terrible parole que lui seul a le droit de prononcer : Il est trop tard !

Il lui fut du moins donné, avant de succomber, de s'incliner devant la reine, d'en obtenir son pardon, de lui offrir quelques espérances, quelques illusions consolantes. Connaissez-vous, Messieurs, un spectacle plus émouvant, que celui de Mirabeau devant Marie-Antoinette, et ne comprenez-vous pas ce respect, cet attrait, cet hommage attendri de l'homme en qui semblait s'incarner le génie de la révolution pour la femme qui devait en être la plus noble victime ? Je ne trouve qu'un reproche à adresser à l'histoire de M. Droz : c'est de n'avoir pas subi comme Mirabeau l'ascendant de cette femme héroïque ; c'est d'être resté froid et presque sévère pour elle. Pour moi, j'avoue que, dans les annales de la France et du monde, je ne sais rien, je n'imagine rien de plus saisissant et de plus douloureux que la destinée de Marie-Antoinette. Qui ne se sent comme éperdu de douleur et d'admiration devant ce contraste tragique entre l'éclat incomparable des dix premières années de son règne, et les ignominies dont sa fin fut abreuvée ; devant cette vertu charmante, ce bon sens si aimable et si méconnu, ce sang-froid, cette patience sereine, cette décision qui faisait dire à Mirabeau : « *Le roi n'a qu'un homme, c'est sa femme.* » Épouse, sa fidélité va jusqu'à paralyser son énergie naturelle ; chrétienne, elle se résigne à tout, excepté à une apparence de complicité avec le schisme ; mère, elle venge toutes les mères par le cri sublime qui confond ses accusateurs. Son cœur, modeste et calme, grandit toujours avec sa destinée, jusqu'à ce qu'il soit à la hauteur de cet échafaud où devait monter la fille de Marie-Thérèse après le petit-fils de Louis XIV.

Non, la France n'a point encore expié ce crime, le plus

grand de tous ceux qu'elle a laissé commettre. Un jour viendra peut-être où elle élèvera un autel dans le cœur repentant de chacun de ses enfants à cette martyre de nos égarements. Ce jour-là nous serons *désaveuglés*. Le mot n'est pas français; je le sais : mais il est de la reine de France, il est de Marie-Antoinette[1], et vous ne le répudierez pas.

Bien que mitigé par la douceur naturelle de son âme, le jugement de M. Droz sur l'époque et l'Assemblée dont il a écrit l'histoire, n'est guère moins rigoureux que le mien. Rien ne trahit dans l'austère indépendance de ses arrêts, les sympathies de sa jeunesse pour ce temps fatal. Il respectait trop la vérité pour vouloir lui demander la justification ou l'excuse de ses erreurs. Il voulait s'élever jusqu'à elle et non la faire plier jusqu'à lui.

Il lui restait à faire, dans l'ordre moral et religieux, les mêmes progrès que dans l'ordre politique. Il les fit. C'est cette dernière transformation que je dois vous raconter. Sans aucun doute, le scrupuleux amour du vrai qui l'avait guidé dans ses études historiques, lui facilita l'accès de la certitude et de la paix qui manquait encore à son âme. Depuis longues années, et au plus fort de son enthousiasme pour la philosophie morale, des doutes venaient parfois l'assaillir sur l'efficacité des théories philosophiques pour accomplir de grandes réformes dans la société comme dans l'âme humaine. Ses recherches lui rendirent de plus en plus manifeste l'infirmité de la religion naturelle et des meilleurs systèmes de morale dans le combat que nous livrent nos passions et nos vices. Il vit que jamais les sages du paganisme n'avaient connu les moyens d'améliorer de grandes masses d'hommes, et que leurs successeurs dans les temps modernes n'avaient réussi qu'à exciter les âmes sans pouvoir les régler. Il vit avec effroi le levier qu'avait employé la philosophie, fléchir sous le poids qu'elle

[1] Correspondance du comte de Mirabeau avec le comte de la Marck, t. I, p. 31.

avait voulu soulever. Il vit enfin que les enseignements de la religion, seuls efficaces sur l'esprit des peuples, rendaient superflus ceux de la simple morale. Cette découverte le consterna. Il se sentait ballotté entre une philosophie impuissante et une religion fausse ; car il la croyait toujours fausse, tout en lui rendant des hommages extérieurs dans tous ses écrits. Ses opinions anti-religieuses, comme il l'a depuis confessé, avaient la force tenace d'une erreur d'enfance. Il eût voulu être chrétien, si on avait pu l'être sans admettre les dogmes et les pratiques. Il repoussait ce qu'il appelait, comme tant d'autres, la mythologie chrétienne.

Il continua cependant ses études. Il voulut rechercher les causes de la supériorité incontestable du Christianisme sur la philosophie dans l'art de maîtriser et de diriger les hommes. Il comprit bientôt combien les dissertations les plus éloquentes des moralistes et des métaphysiciens, sur la destination de l'homme ici-bas, sont inférieures à la réponse qu'une bonne femme chrétienne trouve à ce problème dans son catéchisme. De longues méditations sur le merveilleux privilége qu'a la religion de donner avec ses préceptes la force de les mettre en pratique, finirent par ébranler son esprit.

Le dernier coup lui fut porté par le dernier adieu de la compagne de ses jours. La fin chrétienne de cette femme modeste et tant aimée, l'éloquence de ses dernières paroles que la foi rendait sublimes, achevèrent l'œuvre de l'étude et de la réflexion dans l'âme de M. Droz. Une fois entré dans la pleine possession de la vérité, il eut besoin de partager sa nouvelle richesse avec ceux dont il avait partagé l'indigence. Un an après que son volume sur Mirabeau et la Constituante eut paru, en 1843, il publia sa profession de foi sous le titre de *Pensées sur le Christianisme*.

Il y aborde de front les objections et les préjugés les plus redoutables. La clarté de son langage répond bien à la tranquille assurance de son âme. Il parle avec cette autorité supérieure aux passions qui peut seule donner le mérite d'une opportunité durable. Il juge d'un regard si sûr les infirmités de la société et leur unique remède, qu'on se demande, en le lisant aujourd'hui, s'il est bien vrai que ce livre ait été écrit avant la terrible expérience que nous avons faite, en 1848, de notre faiblesse et de notre aveuglement. Et l'on ne peut s'expliquer que par cet aveuglement, qu'un tel livre, venant d'un tel homme, n'ait pas plus profondément ému le public.

* Dans cet écrit, il accuse hautement les docteurs du XVIIIe siècle d'avoir ôté à l'homme un frein que rien ne remplace, d'avoir anéanti dans son cœur des trésors d'espérance et de résignation, d'avoir menti à la société en promettant de remplacer la source du bonheur qu'ils venaient tarir. Selon lui, le Christianisme seul explique tous les événements de la vie ; il a résolu le plus grand problème de morale : ne jamais enorgueillir l'homme et ne jamais le désespérer. Mais il ne se borne plus à vénérer la morale du Christianisme : il se fait l'humble apologiste de ces dogmes et de ces pratiques qu'il avait si longtemps repoussés. Il déclare que Dieu est venu sur la terre pour révéler les uns, pour instituer les autres. Il reconnaît dans les mystères de la révélation la preuve même de la divinité ; car le mystère est le sceau que Dieu imprime à toutes ses œuvres. Il sent qu'il faut croire aux miracles sous peine d'accuser le Christ d'imposture. Il confesse avec une tendre reconnaissance sa foi en la Rédemption, au pardon après l'expiation. Il craint seulement que l'infinie bonté ne nous fasse oublier l'immuable justice. Il ne recule devant aucune conséquence de sa foi, pas plus devant l'éternité des peines que devant l'infaillibilité de l'Église : mais comme sa nouvelle conviction n'exclut pas l'indulgence de sa nature, il se range à l'avis de ceux qui restreignent le nombre des victimes de la justice divine, et revendique la clémence du Père céleste pour la bonne foi dans l'erreur.

Ce n'est pas qu'il méconnaisse les droits de la raison : il ne veut pas qu'on éteigne ce pâle flambeau, comme il l'appelle. Mais il trouve sa lumière vacillante, et il dit qu'il faut être insensé pour s'en remettre à la raison seule du soin de tout juger et de tout décider, lorsque l'expérience la proclame incapable de nous garantir des chutes les plus vulgaires et des illusions les plus étranges dans la vie la moins difficile. L'Église catholique satisfait sa raison aussi bien que son cœur. Une fois convaincu de la divinité du Christ, sa raison lui dit elle-même qu'elle doit se soumettre avec une confiance absolue à la révélation et à l'autorité établie par Dieu même pour prononcer en matière de foi.

Pas plus que la raison, il ne sacrifie la liberté. C'est *ce noble présent du libre arbitre*, fait par Dieu à sa créature, qui lui explique surtout la nécessité de la religion, avec ses préceptes, ses conseils et ses promesses.

A la voix, dit-il, de la prière soumise et confiante, la grâce descend du ciel, et la foi avec elle. Mais il veut la prière, rendue plus imposante par le culte public. L'Église le séduit et le domine par l'unité de sa foi et de son gouvernement. Il défend le prêtre contre l'accusation banale d'intolérance, et le bénit de protester au nom du ciel contre des crimes, tels que le duel et le suicide, encouragés sur la terre par une indulgence si générale. Le Christianisme, dit-il, doit tout offrir à l'homme, excepté de lâches complaisances. Le prêtre est de nos jours chargé d'une mission plus grande que jamais : les âmes, fatiguées du vide qu'elles éprouvent, l'appellent et l'écoutent. Le sort de la France est entre les mains de cette sainte et nombreuse milice, qui porte dans la moindre des chaumières et qui prêche au sein des villes les plus corrompues une doctrine plus haute et plus pure que celle des plus grands esprits d'Athènes et de Rome. Ses fonctions sont les plus belles que l'homme puisse remplir, à la condition qu'elle sache toujours les maintenir à la hauteur où Dieu les a placées, et que tout en vivifiant la société par le feu de son zèle, en donnant à l'autorité sa véritable base et son unique sanction, elle s'abstienne de confondre sa cause avec celle des partis purement politiques. Je regarderais, dit l'auteur, comme la plus grande des calamités que l'esprit d'innovation s'étendît jusque sur le Christianisme. Les idées d'amélioration sociale, d'affranchissement universel, ne peuvent se réaliser que par la vieille charité dont le prêtre est l'organe. « L'homme « rentrera dans la voie de l'Évangile, et renouera les liens « qu'il a brisés, ou il marchera au hasard, poussé par sa « brutale indépendance, jusqu'au jour où un de ces chasseurs « de nations, qu'on appelle despotes, le prendra dans ses « rêts comme une bête sauvage. »

Ce n'est pas moi qui parle ainsi, Messieurs; c'est lui, c'est M. Droz, dans ce livre si modeste, qui est en même temps comme l'histoire de son âme et la confidence discrète de sa vie. Nous n'avons pas à craindre avec lui de retrouver cette méthode de confession publique, employée par saint Augustin dans un but de sublime pénitence, reprise après treize siècles par Rousseau au profit du vice et de l'orgueil, et qui depuis a inspiré de si nombreuses et de si étranges contrefaçons. Ce n'est pas lui qui voudrait fatiguer le public des fastidieux détails de sa vie intime, en trahir tous les secrets, lever d'une main profane le voile qui doit les cacher à tout regard étranger; disséquer sous des yeux indifférents les débris de ses affections, la personne de ses proches ou de ses amis; prendre enfin pour confident de ses fautes et de ses douleurs une tourbe de lecteurs inconnus.

Mais quelques traits sobrement tracés nous permettent de le suivre dans ses luttes intérieures. Il nous peindra la répulsion qu'il éprouve, « lorsque, jeune encore, cherchant la « vérité qui semblait le fuir, » dans ses courses solitaires au sein de ses montagnes, il rencontre une croix, instrument de supplice qui lui semble attrister la riante nature; et plus tard, revenu dans ces mêmes montagnes, il bénira la main qui élève le signe de la rédemption partout où peut passer un affligé. Il nous laisse entrevoir l'impression profonde produite sur lui par les récits des prêtres de sa province natale, si intrépides dans la persécution, si constants dans l'exil, cachés dans les forêts et les étables pour conserver aux populations désolées les secours de la religion, et payant souvent de leur vie cet obscur dévouement. Une autre fois, en entrant dans une de ces églises qu'il avait longtemps regardées comme des ateliers de superstition, il y aperçoit des personnes qu'il savait divisées par leurs opinions politiques, agenouillées devant le même autel, calmes, silencieuses et lisant attentivement; il lui vient dans la mémoire que les livres où elles lisaient les obligeaient à prier les unes pour les autres, et il sort en méditant sur cette union des cœurs que l'unité de la foi ne donne pas toujours, mais qui n'existe nulle part sans elle.

Il n'insiste pas, il ne détaille rien. Il laisse seulement deviner que c'est avant tout le cœur qui l'a éclairé, ramené. Il a aimé, il a souffert, il a pleuré. La félicité éternelle que le Christianisme promet aux âmes pures, sert à la fois de consolation à sa douleur, et de démonstration à son esprit. Et quand il apprend que cette même religion promet de prolonger dans le ciel les affections de la terre, et d'y resserrer pour jamais les chastes liens formés ici-bas, alors l'œuvre est consommée, la victoire complète, il rend les armes, et se prosterne avec amour devant l'éternel vainqueur.

Devenu chrétien, il éprouve la noble envie de confesser sa foi. Il ne rougit pas de s'être instruit en vieillissant; au contraire, il trouve la chose toute simple; il espère, il désire qu'on fasse comme lui. Il dit qu'il ne croira jamais qu'un homme soit assez stupide pour ne rien apprendre en quarante ans. Du reste, il ne veut pas plus se vanter que se taire. Selon lui, lorsqu'on revient à la religion, il ne faut ni se cacher, ni se donner en spectacle. Mais aimer le Christ et rougir de lui, c'est un acte de honteuse faiblesse ou d'insigne mauvaise foi. Il ne sort de son silence et de son indulgence habituelle que pour combattre le paradoxe odieux qui daigne faire l'aumône de la religion aux esprits illettrés et vulgaires. Il n'est point d'erreur qu'il ait dénoncée avec plus d'énergie et d'indignation que la prétendue solution de ceux qui disent : « Donnez de la philosophie aux esprits cultivés, et jetez la religion au peuple. » Il la trouvait à la fois cynique et impossible.*

Les sages et les politiques n'accordèrent à son livre qu'un succès d'estime. Un homme toutefois avait compris toute la valeur de cet avertissement. M. Affre, archevêque de Paris, rendit un hommage public à l'exactitude théologique du laïc, à la persuasive intrépidité du chrétien. Il voulut que son nom et son témoignage fussent placés à la tête de l'ouvrage. Ce volume descendra donc à la postérité marqué du sceau de la publique sympathie du pontife, qui devait marcher à la mort avec un si doux courage, et léguer à l'Église de France une gloire que rien ne surpasse, et que rien ne fera oublier.

M. Droz voulut, à son tour, déposer un hommage sur la tombe du martyr de la charité épiscopale. Il mit sous la protection de cette sainte mémoire un second opuscule, dont il comptait faire l'appendice de ses *Pensées sur le Christianisme*, et qu'il intitula : « *Aveux d'un Philosophe chrétien.* » C'étaient, dit-il, les dernières observations d'un vieillard qui se reporte vers les jours de sa jeunesse, pour en expier les fautes. Il y revient sur les principaux éléments de sa conviction. Il leur donne un ton plus personnel ; il se contient moins : sa plume s'épanche avec la liberté d'un père qui va bientôt se séparer de ses enfants. Mais ne craignez pas qu'il donne dans l'abus des confessions et des confidences. « J'ai « longtemps méconnu, » dit-il, « la vérité, la puissance et « les charmes de la religion du Sauveur. Fasse le ciel que « mes tristes aveux soient utiles à quelques hommes ! Cet es- « poir me détermine à surmonter la répugnance qu'un hon- « nête homme éprouve à parler de soi, alors même qu'il « parle pour s'accuser. » Il la surmonte à peine. C'est toujours avec une réserve et une sobriété extrêmes qu'il mêle ses impressions personnelles aux preuves de la religion. Il ne se borne pas à être modeste, il veut encore être humble, et l'être surtout dans le récit de ses erreurs. Et, d'ailleurs, de quoi s'accusait-il ? D'un mal qui était celui de son temps, de son éducation, de l'air qu'il avait respiré en naissant cinq ans avant la mort de Voltaire ; d'un mal dont tous ses contemporains ont été atteints, et que nul n'a plus noblement effacé que lui. Il avait pris sincèrement ses préjugés pour sa raison. La bonne foi avait toujours présidé aux fluctuations de son esprit, aux déchirements de son âme, et le vice n'avait jamais cherché chez lui un apologiste dans le doute.

La révolution de février le surprit occupé à terminer ses *Aveux*. D'abord troublé, il retrouve bientôt le sang-froid dans ce qu'il appelait sa longue et triste expérience des révolutions. Plus que jamais tourné vers le ciel, il ne veut pas fermer son cœur aux patriotiques espérances. Il ajoute à son livre quelques lignes qui méritent d'être citées.

« Je venais, dit-il, d'achever le récit de mes erreurs et « des bienfaits de la Providence envers moi, lorsqu'une ré- « volution a tout à coup éclaté. L'âge éteint mes forces, je ne « puis plus qu'élever mes mains vers le ciel, et je sens qu'elles « s'appesantissent : mais jusqu'au dernier soupir, il s'exha- « lera de mon cœur des vœux pour ma patrie..... » Il souhaite à son pays le remède dont il avait lui-même éprouvé la douce et invincible efficacité. « La religion, partout néces- « saire, est surtout indispensable aux peuples avides de li- « berté. » Puis, il nomme O'Connell ; et il rappelle les doutes exprimés par ce grand chrétien sur les destinées de la liberté dans cette France qu'il croyait à jamais hostile à la religion. « Cette séparation fatale, ajoute M. Droz, entre la religion et « la liberté, est le grand obstacle qui, depuis soixante ans, « s'oppose à l'affermissement de la liberté parmi nous. Mais « pour nous rendre à la religion, l'adversité est un moyen « qu'emploie souvent la Providence... Elle l'adresse aux hom- « mes qui méritent d'être désabusés ;... le découragement « perdrait tout : que la confiance en Dieu ne nous abandonne « jamais. »

Ce furent les dernières paroles qu'il destina au public. Le reste de sa vie fut consacré exclusivement à sa famille, et à vous, Messieurs ; vous savez mieux que moi avec quelle assiduité il remplissait ses devoirs d'académicien. L'âge et la faiblesse croissante de sa santé ne le retinrent jamais loin de vous. Il siégeait encore sur ces bancs quatre jours avant sa mort. Il tomba malade en sortant de l'Académie, un mardi, et mourut le samedi suivant, comblé des secours et des consolations de cette religion qu'il avait si courageusement confessée. Sa dernière lutte avec la mort fut si douce, qu'on n'entendit pas même son dernier soupir : un quart d'heure après qu'il eut cessé de vivre, ses petits-enfants vinrent, comme à l'ordinaire, lui baiser la main, en lui demandant de prier pour eux.

Nous avons tous à profiter de l'enseignement qui ressort de la vie et des œuvres de cet homme de bien. Il nous aidera à remplir le premier devoir d'une nation envahie par le mal, qui est de répudier dans l'histoire les idées qui menacent dans le présent son repos et son existence. Pour vaincre et arrêter la révolution, il faut avant tout renier l'esprit révolutionnaire. On n'y parviendra point à moins de revenir, comme l'a fait M. Droz, à la vérité tout entière. En politique comme en religion, cette vérité est dans le Christianisme et elle n'est que là. On parle de progrès : depuis que le monde existe, quel progrès approcha jamais de la révélation chrétienne ? Elle est la base unique de toute restauration sociale. Elle seule peut *redresser*, comme parle Bossuet, le *sens égaré*. L'idée d'autorité ne peut naître que par l'idée de Dieu. Nos ennemis le savent bien et le disent : ne soyons ni moins hardis ni moins logiques. Il ne s'agit pas de reconstruire l'édifice politique d'un passé détruit sans retour ; il ne s'agit pas de ressusciter les morts ; mais bien de reconnaître la vie, là où elle n'a jamais cessé d'être, bien que niée, bafouée, enchaînée. Il s'agit surtout de ne pas nourrir la prétention insensée de vivre en s'abreuvant chaque jour du poison qui a tué tout ce qui nous a précédé. Il s'agit d'émanciper le principe chrétien et de se confier à la fécondité réparatrice de la vérité.

Le temps presse : les symptômes alarmants ont surgi en foule à nos yeux. Il faudrait plaindre ceux qui croiraient à une guérison apparente et trop prompte pour n'être pas superficielle ; ceux qui prendraient le silence de la défaite pour une conversion; ceux qui passeraient tout à coup de la terreur à une aveugle confiance.

J'entends dire que la société est impérissable : en soi et en général, je le veux bien; mais les sociétés particulières qui s'appellent nations périssent souvent et sans retour. C'est leur durée qui est un miracle, et non leur chute. Pour les faire vivre, il faut une vigilance, un dévouement, une énergie, une fidélité à leurs lois primordiales qui fait défaut à notre temps. Si ces vertus viennent à manquer, Carthage, l'ancienne Rome, l'Égypte, l'Orient tout entier sont là pour témoigner de ce que peuvent devenir des sociétés aussi savantes, aussi civilisées, aussi belliqueuses que la nôtre. Cette fausse sécurité où nous nous replongeons toujours, n'est qu'une des formes de l'orgueil, et l'orgueil est la grande maladie de notre pays et de notre époque. Nous vivons dans un temps infatué de lui-même. Sa superbe n'est égalée que par son impuissance; car j'appelle impuissance une force qui n'est invincible que pour abattre et qui ne sait ni créer ni maintenir. Or, la grande leçon de nos jours, qui effraie en même temps qu'elle console, c'est Dieu qui la donne en confondant l'orgueil et la fausse sagesse des hommes.

Quelle humiliation, en effet, pour notre outrecuidance que cette nécessité où nous avons été chaque jour de proclamer, d'invoquer, de défendre... quoi? Ces premiers rudiments de la vie sociale que les sauvages eux-mêmes ne méconnaissent pas, et dont les noms sans cesse répétés fatiguent nos oreilles : la famille, la propriété, la religion! Voilà donc ce qui est menacé chez nous, dans la France du XIXe siècle! Voilà donc où devait aboutir tous ces progrès tant vantés, ce perfectionnement indéfini de l'humanité, cette civilisation si fière d'elle-même, cette propagation universelle des lumières, ce triomphe incontesté de la raison! Ce n'est pas le superflu qu'on nous dispute, c'est le nécessaire. Ce n'est plus le mystère qu'on nie, c'est l'évidence. La foi en Dieu a disparu pour faire place au fanatisme de l'impossible. O contempteurs du passé, que vous l'avez donc cruellement vengé!

* Mais d'où vient cette corruption de l'esprit qui donne des complices à tous les incendiaires, et des dupes à tous les imposteurs? De qui est-elle l'œuvre? N'est-ce pas avant tout de l'intelligence dévoyée et du talent rebelle à la voix du devoir? Le mal, ne nous lassons pas de le dire, vient toujours d'en haut : en haut veut dire aujourd'hui la littérature, la république des lettres, le formidable empire de la parole et de la plume. Les lettrés, les penseurs ont-ils jamais plus mal usé de leur puissance que depuis qu'elle est immense et incontestée? N'est-il pas vrai que plus leur mission s'est agrandie et plus ils ont perdu ou renié le sentiment de la responsabilité? Depuis qu'ils se sont investis d'une sorte de pouvoir spirituel, tout autre pouvoir n'est-il pas devenu impossible?

Après avoir fait le mal, c'est à eux d'essayer de le guérir; sinon ils en seront les plus misérables victimes. La société actuelle, avec toutes les jouissances et tous les priviléges qu'elle réserve aux écrivains, s'effondrera sous elle-même; de ses décombres il ne peut sortir qu'une tyrannie telle que le monde n'en a jamais vu, et dont la première œuvre sera de poursuivre ce qu'on appelle la pensée avec un implacable acharnement. *

Pour échapper à ce sort douloureux, il n'y a qu'une voie à suivre, celle d'un retour énergique aux lois fondamentales que Dieu a données pour règle à la conscience et à la société. L'homme éminent dont nous célébrons aujourd'hui la mémoire, a été le type de ce mouvement régénérateur qui peut et qui doit nous sauver. Il a traversé la philosophie, l'économie politique et la politique pour aboutir au Christianisme. Il a substitué au culte de l'humanité celui de la vérité. Il n'a désavoué ni la raison ni la liberté; mais il a compris que l'une et l'autre ont besoin de sanction, de barrière et d'appui; et qu'un frein n'est pas une entrave. Il a su monter de la morale à la religion, de la raison à la foi, de la philanthropie à la charité, de la discussion à l'autorité. Je n'ose tirer de sa vie un pronostic pour l'avenir de la France et du monde : je me borne à constater que dans la sphère toujours plus étendue qu'on ne pense, d'une âme honnête et pure, cette vie a vérifié la prédiction d'un homme dont on voit grandir chaque jour la renommée, du comte de Maistre, qui a dit de la révolution française : *Elle fut commencée contre le Catholicisme et pour la démocratie : le résultat sera pour le Catholicisme et contre la démocratie.*

Telles sont, Messieurs, les pensées qui m'ont animé en étudiant la noble carrière de celui que vous m'avez appelé à remplacer parmi vous. On le sait du reste, quand vous daignez adopter l'un de ceux qui aspirent à votre choix, rien ne vous oblige à adopter ses opinions : et je n'ai pas cette ambition pour les miennes. Mais vous excuserez, je l'espère, la hardiesse habituelle à un homme qui ne s'est jamais servi de la parole pour briguer le pouvoir ou la popularité, et qui place la réaction morale et sociale dont il est le serviteur passionné, à une hauteur infinie au-dessus de toutes les questions de gouvernement, de constitution ou de dynastie. Que cette réaction doive durer ou triompher, je l'ignore; je n'y compte pas; je cherche surtout à ne me faire aucune illusion sur ses forces; mais je tiens qu'il faut profiter de la trève qu'elle nous a valu pour proclamer la vérité sans détour. Après cela, que nous soyons vainqueurs ou vaincus, c'est le secret de Dieu. Ce qui importe, c'est de ne pas avoir préparé soi-même la catastrophe où l'on succombe, et après sa défaite de ne pas devenir le complice ou l'instrument de l'ennemi victorieux. Je me souviens à ce propos d'une belle réponse attribuée au plus chevaleresque des révolutionnaires, à un homme qui a su racheter de grandes fautes par de rares qualités, à M. de la Fayette. On lui demandait ironiquement ce qu'il avait pu faire pour le triomphe de ses doctrines libérales sous l'Empire; il répondit : *Je me suis tenu debout.*

Il me semble, Messieurs, que cette fière et noble parole pourrait servir de devise et de résumé à notre histoire. L'Académie française a le droit, elle aussi, de dire : Je suis restée debout ! Depuis que la forte et dure main du cardinal de Richelieu l'a fondée, elle a subi bien des orages sans y succomber, traversé bien des régimes sans s'inféoder à aucun. Quelles qu'aient pu être les défaillances individuelles, elle n'a jamais complétement abdiqué devant le monopole de l'opinion dominante ou devant l'éternité chimérique de la force contemporaine.

C'est votre indépendance, Messieurs, qui est le gage de votre durée. En plein dix-huitième siècle, un prêtre, parlant en votre nom, devant la tombe ouverte de Voltaire, osa blâmer hautement ce triomphateur de *n'avoir pas dédaigné la triste célébrité qui s'acquiert par l'audace et la licence.* Vous n'accorderez pas aux pygmées qui se disputent aujourd'hui la dépouille de Voltaire, la connivence que vous avez refusée au plus formidable esprit que le mal ait jamais enfanté.

L'esprit révolutionnaire, qu'il faut combattre partout, sera réprimé par vous dans le domaine des lettres, du style, de la langue. Vous défendrez la société contre l'empire fatal de la phrase. Vous vengerez notre langue, chaque jour insultée par l'emploi sacrilége des termes, des images, des symboles empruntés à la religion ; par la prostitution des mots les plus saints aux choses les plus souillées. Les bons écrivains ne sauraient être révolutionnaires : s'ils commencent quelquefois par là, ils s'en corrigent : s'ils le deviennent, après avoir brillé par ailleurs, leur châtiment ne se fait pas attendre : ils cessent d'être et ne comptent plus. Oui, sauver cette langue française, qui est la forme la plus attrayante, la plus expansive de la vérité, c'est une mission qui vous appelle, Messieurs, aux premiers rangs dans l'œuvre de la régénération sociale, et qui vous attirera toujours le respect, la sympathie, les vœux de tout ce qui aura conservé parmi nous les traditions de l'ordre, de l'esprit, du goût et du bon sens.

Ainsi s'explique et se justifie cette suprême ambition des âpres lutteurs de l'arène politique, qui est de venir se reposer à vos côtés. Cette distinction déjà si recherchée du temps de Bossuet et de Montesquieu, est devenue aujourd'hui la véritable couronne et la seule durable des vies les plus glorieuses.

A une époque où il y avait encore des grands seigneurs, l'un d'eux, le maréchal prince de Beauvau, fier d'être admis parmi vous, remarquait que les premiers personnages de l'État venaient *briguer ici l'honneur d'être les égaux des gens de lettres*. S'il en était ainsi dans cette ancienne société, où tous les rangs étaient si réglés et si distincts, combien plus l'Académie française ne doit-elle pas fixer les regards, éveiller les désirs, enflammer les ambitions, de nos jours où tout est confondu et abaissé, où aucune position n'est assurée, aucune dignité debout, où l'on ne voit plus qu'elle, seul débris du passé qui ait échappé à l'universelle ruine, seul témoin vivant de notre antique gloire.

Pour moi, qui n'étais indiqué à vos suffrages que par des titres si peu nombreux et si contestés, je ne saurais vous exprimer assez la reconnaissance que je vous dois. Vous m'avez ouvert, au milieu de l'orage, le port que n'atteignent pas toujours les plus généreux courages. Vous me permettez d'y retrouver chaque jour des modèles, des amis éprouvés dans d'autres luttes et d'anciens adversaires transformés en alliés. Il me sera donné d'y vivre avec eux, d'y apprendre et d'y goûter cette équité, cette impartialité, cette mesure qui font la force et le charme de votre existence. Heureux si je puis désormais, loin des fatigues, des mécomptes, des animosités de la vie politique, me consacrer tout entier aux nobles études, aux laborieux loisirs dont c'est ici le sanctuaire. Mais j'ai trop parlé de tout pour avoir le droit de parler de moi, même pour me confondre en actions de grâces. J'ai hâte de finir, car je comprends et je partage votre juste impatience d'entendre cette grande voix, trop longtemps muette, et qui me vaudra votre indulgence en me faisant oublier [1].

[1] M. Guizot, directeur de l'Académie française, a répondu à M. le comte de Montalembert.

Paris. — Imp. Bailly, Divry et Ce, pl. Sorbonne, 2.

DISCOURS

DE M. GUIZOT

Paris. — Imprimerie Bonaventure et Ducessois, 55, quai des Grands-Augustins.

DISCOURS

DE

M. GUIZOT

EN RÉPONSE

Au Discours prononcé par M. le Comte de Montalembert

POUR SA RÉCEPTION

A L'ACADÉMIE FRANÇAISE

Le 5 février 1852.

PARIS

DIDIER, LIBRAIRE-ÉDITEUR

35, quai des Augustins.

1852

DISCOURS

DE M. GUIZOT

« Je ne sais, Monsieur, si vous vous rappelez la première circonstance dans laquelle j'ai eu l'honneur de vous connaître ; pour moi, je m'en souviens et je m'en suis toujours souvenu avec un vif sentiment d'intérêt et de plaisir. Vous étiez bien jeune alors ; vous aviez à peine dix-neuf ans. Vous reveniez de Suède où M. votre père était ministre du roi Charles X. Les luttes que soutenaient les vieilles institutions suédoises vous avaient puissamment intéressé et attaché. Vous sentiez le besoin, et presque le devoir de rappeler nos regards vers ce peuple généreux qui, avec un courage et un dévouement admirables, a jeté, il y a deux siècles, et de concert avec la France, dans la balance de l'Europe, le poids décisif d'un héros, son roi. Vous désiriez que ce que vous aviez vu et senti dans la patrie de Gustave-

Adolphe fût connu et compris dans celle du cardinal de Richelieu, son ferme allié. Je m'empressai d'aider à l'accomplissement de votre désir. Ce fut là, Monsieur, notre première rencontre et votre premier écrit.

« Il y avait déjà, dans votre ouvrage, un esprit et un talent rares, et j'en fus frappé ; mais je fus encore plus frappé de vous-même que de votre ouvrage. Des pensées si sérieuses avec des émotions si vives, tant de gravité dans le cœur avec tant d'ardeur dans l'imagination, votre foi profonde et naïve, votre physionomie, votre langage pleins en même temps de réflexion et de passion, et votre extrême jeunesse laissant éclater toutes ces richesses de votre nature avec son inexpérience impétueuse, ses grands désirs et ses beaux instincts, tout cela vous donnait, Monsieur, un caractère original et plein d'attrait qui, dès ce jour, me saisit vivement, et me fit pressentir, pour vous, un noble avenir.

« Bien des années, et quelles années! Monsieur, se sont écoulées depuis cette époque, et notre relation a subi bien des vicissitudes. Nous avons été longtemps étrangers l'un à l'autre, et souvent adversaires. Né dans le sein de l'Église catholique, vous avez, dès vos premiers pas, pris place, et une grande place, parmi ses plus zélés défenseurs. Je suis resté fidèle à la foi protestante de mes pères. J'ai eu l'honneur d'être longtemps l'un des conseillers de la monarchie de 1830, et vous avez longtemps combattu, non cette monarchie elle-même, mais la politique qu'elle a presque constamment pratiquée, la jugeant conforme aux intérêts supérieurs du pays. Malgré tant et de si graves dissentiments, je n'ai jamais cessé, Monsieur, de ressentir pour vous l'intérêt et le goût que vous m'aviez d'abord inspirés. Au milieu des luttes de la vie publique, et quoique souvent atteint de vos coups et forcé de vous porter aussi les miens, j'ai toujours eu l'instinct d'une secrète sympathie qui unissait au fond, du moins dans leur but intime et dernier, nos vœux et nos efforts : sentiment dont probablement vous ne vous êtes guère douté, que je n'écoutais point quand j'avais à vous combattre, mais que j'ai plus d'une fois retrouvé au moment même du combat, et que je prends plaisir à vous exprimer aujourd'hui.

« Je serais surpris, Monsieur, si le cours des années et les enseignements de la vie ne produisaient pas sur vous le même effet que j'en ai éprouvé. Plus j'ai pénétré dans l'intelligence et dans l'expérience des choses, des hommes et de moi-même, plus j'ai senti en même temps mes convictions générales s'affermir et mes impressions personnelles se calmer et s'adoucir. L'équité, je ne veux pas dire la tolérance, envers la foi religieuse ou politique des autres, est venue prendre place et grandir à côté de ma tranquillité dans ma propre foi. C'est la jeunesse, ce sont ses ignorances naturelles et ses préoccupations passionnées qui nous rendent exclusifs et âpres dans nos jugements sur autrui. A mesure que je me détache de moi-même et que le temps m'emporte loin de nos combats, j'entre sans effort dans une appréciation sereine et douce des idées et des sentiments qui ne sont pas les miens. Vous le savez, Monsieur : « Il y a plusieurs demeures dans la maison de mon père, » a dit Notre Seigneur Jésus-Christ ; il y a aussi plusieurs routes ici-bas pour les gens de bien, à travers les difficultés et les obscurités de la vie, et ils peuvent se réunir au terme sans s'être vus au départ ni rencontrés en chemin.

« Vous en êtes, Monsieur, vous et votre vertueux prédécesseur, un frappant et bel exemple. Jamais peut-être deux hommes de bien et de talent n'ont plus différé l'un de l'autre, et à leur début dans la vie, et pendant le cours de leur carrière, et dans l'emploi qu'ils ont fait longtemps des dons que Dieu leur a départis.

« Imbu dès sa première jeunesse, et malgré les efforts contraires de ses pieux parents, des idées qui préparaient la révolution, M. Droz entra au même moment dans la vie active et au service, au service noble de cette révolution née d'hier et déjà sortie de son berceau l'épée à la main. Dès que la France, bouleversée au dedans, fut attaquée au dehors, le jeune philosophe se fit soldat ; et dans les rangs de cette armée du Rhin, si sincère, si dévouée et si glorieuse, il ne cessa point d'être un philosophe : il étudiait Plutarque, Montaigne et Rousseau sous la tente et au bivouac. Rentré, après trois ans de campagne, dans la vie civile, il échangea l'uniforme du capitaine contre l'habit du professeur ; et dans l'enseignement public, ce furent aussi ses convictions philosophiques qui le guidèrent et qu'il s'appliqua à propager, car il était de ceux qui croient que la vérité ne veut point un culte oisif, et que les esprits qu'elle a éclairés de sa lumière sont chargés d'étendre son empire. Il était d'ailleurs d'une nature expansive autant que douce, et possédé sans bruit, mais constamment, du besoin de répandre et d'accréditer parmi les hommes ses idées, ses sentiments, ses vues et ses espérances pour le bien et l'honneur de l'humanité. Lorsqu'en 1803 il quitta l'enseignement et sa ville natale pour venir se fixer à Paris, ce fut encore au milieu des philosophes qu'il vécut, entouré de leurs souvenirs et de leurs conseils. Tracy et Cabanis furent ses amis. Il commença à écrire, et pendant plus de vingt ans ses ouvrages philosophiques, politiques, littéraires, ses romans même furent empreints du même caractère. Ce n'est point la philosophie du dix-huitième siècle dans son travail d'agression contre les anciennes croyances et les anciennes lois de la société ; l'esprit destructeur a disparu : il répugnait absolument à la raison droite, au sens moral, au cœur juste et doux de M. Droz. Les doctrines matérialistes ou égoïstes, les passions cyniques ou haineuses ne lui étaient pas moins antipathiques ; son âme les repoussait énergiquement, et ce qu'il avait vu de leurs œuvres, dans le cours de la révolution, avait ajouté aux lumières instinctives de sa nature les leçons palpables de l'expérience. Soit qu'il traite des divers systèmes de la philosophie morale, ou des applications de la morale à la politique, ou des principes et de l'influence de l'économie politique, soit qu'il analyse les plaisirs du beau dans les arts ou les secrets du bonheur dans la vie, les idées et les tendances du dix-huitième siècle se redressent, s'apaisent et s'épurent en passant à travers son âme ; c'est uniquement par leurs côtés nobles et bienveillants qu'il les retient et les développe ; il travaille à les dégager et des arrogances de l'orgueil humain, et du mépris pour le passé, et des tyrannies théoriques, et des extravagances démagogiques ; il respecte ce qu'elles ont outragé, il ménage ce qu'elles ont brisé ; il ne veut ni de leurs haines ni de leurs ravages ; mais il garde leurs promesses et leurs espérances. Il est resté charmé des brillantes perspectives que le dix-huitième siècle a ouvertes devant le genre humain ; il est toujours plein de confiance dans les penchants naturels et les forces propres de l'homme, et dans la puissance de la philosophie pour la réforme et le progrès de la société. Il monte chaque jour vers des régions plus hautes et plus pures ; mais c'est encore le philosophe qui monte seul, le flambeau de la raison humaine à la main ; il n'a point encore entrevu une autre lumière sur sa route ni un autre guide pour ses pas.

« Vers ce temps-là, et pendant que M. Droz suivait ainsi le cours de ses idées et de ses travaux, vous entriez dans la vie, Monsieur, sous de tout autres auspices, bien loin de l'atmosphère de la révolution, élevé à la fois dans les sentiments libéraux de notre temps, au sein des fidèles souvenirs de l'ancienne France, et sous la loi, toujours sacrée pour vous, de l'Église catholique. Sa lumière a lui dès l'abord dans votre âme, et vous vous êtes voué à sa cause avec l'amour d'un fils et l'ardeur d'un apôtre : non-seulement pour la défendre contre les ennemis de ses croyances, mais pour servir ses intérêts divers, pour revendiquer ses espérances et ses droits dans ses rapports avec les gouvernements comme avec les peuples, pour lui rendre, sur le cœur comme sur la raison des hommes, tous ses moyens d'empire. Vous ne vous êtes pas contenté de soutenir hautement, au dix-neuvième siècle, la foi chrétienne ; vous avez remonté le cours des siècles pour retrouver et pour célébrer ceux où la foi chrétienne et ses ministres exerçaient dans les sociétés européennes une autorité voisine de la domination ; vous avez recherché et peint avec une vive affection ce qu'il y avait de grand et de beau dans cet âge, la puissance de la foi pour vivifier les âmes, et la puissance de l'Église pour contenir moralement les princes et les peuples, et les innombrables et populaires merveilles de l'art chrétien, qui, le premier, a su placer les plus nobles jouissances de l'imagination à côté des plus austères pratiques de la vie. Dans ce retour vers des temps anciens, peut-être vous êtes-vous quelquefois livré avec trop de complaisance à l'entraînement de vos prédilections et de vos émotions personnelles. Je ne m'en étonne pas beaucoup, car en même temps que vous poursuiviez un noble but, vous n'y marchiez pas par une route bien rude, ni qui vous avertît incessamment de vous tenir sur vos gardes. Vous avez longtemps, Monsieur, placé vos efforts pour le service de la religion sous la protection des idées et des sentiments favoris de notre époque ; vous avez fait souvent, de la cause de l'Église chrétienne, une cause d'opposition ; vous avez arboré à côté de la croix, et quelquefois peut-être avec un peu de fougue, ce drapeau de la liberté, drapeau puissant et séducteur, qui entraîne aisément les peuples, et que même des hommes tels que vous ne suivent pas sans quelque péril et pour la cause qu'ils veulent servir, et pour eux-mêmes. Mais dès que le péril vous a été signalé, soit par votre propre raison, soit par l'autorité suprême de l'Église, vous vous êtes retiré, vous vous êtes soumis, Monsieur, avec cette belle docilité chrétienne qui est à la fois de la sagesse et de la vertu. Et quand l'esprit de révolte et d'anarchie s'est saisi du drapeau de la liberté pour s'en faire un manteau trompeur, vous vous en êtes séparé avec éclat, et vous avez porté, dans le camp de l'ordre social près de succomber, votre rare puissance de dévouement, de courage et de talent.

« Que vous étiez loin l'un de l'autre, Monsieur, vous et votre honorable prédécesseur, et à votre point de départ, et dans le cours de votre carrière ! Quelle diversité dans vos idées et dans vos travaux ! Et si je poussais plus loin ce parallèle, vous ne différiez guère moins, M. Droz et vous, par le tour du caractère que par l'état de l'esprit : lui, complétement étranger à la vie publique, fuyant la lutte et l'éclat, n'aspirant qu'à couler, dans les affections de famille et dans la culture des lettres, des jours sereins, égaux et purs comme sa pensée et son style : vous, né pour combattre et pour vaincre; jeté de bonne heure, par votre propre pente sans doute comme par les circonstances, dans la grande polémique religieuse et politique, de la tribune et de la presse ; impétueux, entreprenant, passionné dans votre conduite et dans votre langage comme dans votre âme ; homme de guerre dans la vie civile, et appelé aux honneurs d'une rude gloire comme M. Droz aux douceurs d'un sage et modeste repos. Plus je vous considère, Monsieur, vous et votre éminent prédécesseur, plus le contraste primitif et longtemps prolongé entre les deux personnes et les deux vies devient frappant à mes yeux.

« Maintenant, j'oublie le passé ; je ne regarde plus qu'à ce qui est aujourd'hui, à ce qu'était M. Droz quand il nous a quittés, à ce que vous êtes, Monsieur, en venant prendre sa place. Le contraste a disparu : au lieu de ces deux hommes si divers d'origine, d'habitudes, d'idées, je vois deux hommes qui se rapprochent et s'unissent intimement : en religion, deux chrétiens ; en politique, deux conservateurs.

« Qui a pu amener ce résultat? Comment cette transformation s'est-elle accomplie? Comment deux hommes si indépendants et si sincères, après avoir vécu si divers pendant tant d'années, se sont-ils enfin rencontrés dans une telle unité?

« Il y a des temps que Dieu semble avoir marqués pour de tels miracles ; des temps où, par l'éclat des événements qui sont ses leçons, il verse sur les hommes de tels flots de lumière que, si notre frivole incurie et notre orgueilleuse obstination n'y faisaient obstacle, tous les esprits en seraient éclairés et domptés. Nous avons vécu, nous vivons dans l'un de ces temps solennels.

« Après Dieu et elle-même, c'est à la monarchie et à l'Église chrétienne que la France doit sa civilisation. Dieu marque la place des nations dans la vie de l'humanité et préside à leurs destinées. Sous son empire, c'est par leurs propres efforts, par leur intelligence et leur énergie déployées à travers les siècles, qu'elles grandissent et prospèrent. Glorieuses ou malheureuses, elles jouent toujours elles-mêmes le premier rôle dans leur histoire. Mais à côté de ce qu'elles doivent à la protection divine et à leur propre travail, s'élèvent toujours au sein des nations certaines influences qui les dirigent et les secondent, certaines institutions qui deviennent leur principal moyen de force et de durée, de prospérité et de grandeur. La monarchie et l'Église chrétienne ont tenu cette place dans l'histoire de la France : à ces deux institutions, à ces deux influences s'est attachée, pendant quinze siècles, la vie morale et politique de notre patrie, comme à son centre et à son foyer.

« Il est facile de rechercher et d'étaler les imperfections où sont tombées et les fautes qu'ont commises ces institutions prépondérantes dans notre destinée ; mais ce n'est là, quand on y concentre sa pensée, qu'un travail d'esprits superficiels et faux. Toutes les institutions humaines sont imparfaites; tous les pouvoirs humains commettent des fautes : c'est une nécessité, c'est un devoir de reconnaître cette infirmité de toutes choses, et d'en défendre les peuples par d'efficaces garanties. Mais ce fait et ce principe une fois admis, le caractère et l'effet général des institutions qui ont plané sur l'existence nationale n'en subsistent pas moins : quand on aura mis en lumière toutes les erreurs, tous les torts de la royauté et de l'Église en France, l'histoire de la France ne sera pas changée : l'Église et la royauté n'en resteront pas moins les influences tutélaires qui ont protégé et dirigé la société française dans son glorieux développement.

« En 1789, quand la révolution a éclaté, la royauté française était représentée par un prince rare, quoiqu'il n'eût rien de supérieur, vertueux, sérieux, de mœurs simples après Louis XIV, de mœurs pures après Louis XV, modeste jusqu'à l'humilité, scrupuleux jusqu'à l'irrésolution, humain et bon jusqu'à la faiblesse ; tourmenté dans sa conscience et sans cesse troublé dans sa conduite par l'incohérence de ses idées de droit et de devoir. Louis XVI doutait de son rang, de sa cause, de son avenir, de lui-même ; il s'inclinait presque dans sa pensée devant une souveraineté autre que la sienne ; et en même temps il conservait, sur l'origine et la nature de son pouvoir, les notions des temps anciens. État plein d'angoisse pour un honnête homme et de péril pour un roi. Mais à travers les perplexités et les contradictions de son âme et de sa conduite, Louis XVI, avant comme après son infortune, était un prince digne de tous les respects, et capable de tous les sacrifices et de toutes les vertus qui font, sinon un grand roi dans un État battu de l'orage, du moins un roi excellent dans un régime de liberté sous la loi.

« L'Église de France, à la même époque, n'avait plus sans doute cet éclat de piété et de génie qui avait fait longtemps sa force et sa gloire ; l'entraînement des idées et de la vie du siècle avait pénétré dans ses rangs : bien moins avant pourtant qu'on ne s'est plu souvent à le dire. A ceux qui lui reprochent avec rigueur ce qu'elle avait alors d'esprit mondain et relâché, l'Église de France a deux réponses : elle a supporté avec un courage et un dévouement héroïques une adversité inouïe ; et dès que le sol s'est un peu raffermi, elle s'est relevée de ses ruines, et en peu d'années elle a rendu à la France chrétienne un clergé digne de tout son respect. Une Église qui a fourni, en un quart de siècle, tant de pieux martyrs à l'échafaud et tant de saints prêtres à l'autel, n'était pas, à coup sûr, atteinte d'un mal sans remède ni tombée dans un réel déclin.

« Je ne veux pas user de la vérité tout entière, je ne veux pas réveiller des souvenirs hideux ou déchirants ; je laisse au fond des cœurs ces orages d'indignation et de pitié que soulève toujours, grâce au ciel, la seule image des emportements effrénés du crime et des dernières extrémités du malheur. De notre passé révolutionnaire, je ne relève qu'un seul fait, un grand fait, dans sa froide et nue simplicité. D'un côté, je place ce que l'Église chrétienne et la monarchie ont, pendant quinze siècles, rendu de services à la France, et ce qu'étaient réellement le roi Louis XVI et l'Église de France à l'aurore de notre révolution. Je mets en regard ce que la révolution a fait de la monarchie et de l'Église, de Louis XVI et du clergé chrétien. Qui peut tenir un moment cette balance et ne pas reconnaître, avec une douleur profonde, qu'en traitant comme elle les a traités la monarchie et l'Église, Louis XVI et le clergé chrétien, la révolution a foulé aux pieds la justice et le bon sens, la morale et la politique ; qu'elle a été en même temps ingrate et insensée ; qu'elle a méconnu et outragé et les lois éternelles de Dieu, et les conditions vitales de la société, et tous les bons instincts de ce peuple même au nom duquel elle s'accomplissait ?

« Ces enseignements des spectacles de nos jours, ce cri de notre propre expérience, cette voix de Dieu à travers les destinées et les actions des hommes, votre honorable prédécesseur, Monsieur, les a entendus et compris. C'est pourquoi il a écrit son *Histoire de Louis XVI*, et il est mort chrétien.

« On éprouve, en lisant l'*Histoire de Louis XVI* de M. Droz, un profond sentiment de satisfaction et de repos. Ce n'est plus la fatalité, ou l'utilité, ou l'entraînement soit de la logique, soit de la passion, servant d'excuse, ou d'apologie, ou même d'apothéose au crime; c'est la conscience calme, mais ferme, la raison modeste, mais droite, d'un homme de bien appréciant, selon les lois de la morale et du bon sens, les événements et les hommes. Appréciation plutôt réservée que tranchante, plutôt douce que sévère : M. Droz était trop sincèrement attaché aux grandes idées et aux intentions généreuses de 1789 pour juger avec un excès de rigueur les torts de cette puissante époque; souvent même on sent dans ses jugements le regret affectueux d'un ami attristé; et, en condamnant les fautes, il n'abandonne point les principes justes ni les espérances persévérantes. Mais ce qu'il conserve de sympathie et d'espérance n'altère jamais l'honnêteté ni la franchise de sa pensée; il déplore et accuse non-seulement les crimes, les jours néfastes de la révolution, mais le caractère et le tour général qu'elle prit si vite; il affirme et il prouve que, si elle ne fut pas maintenue ou ramenée dans la bonne voie, ce ne fut la conséquence d'aucune nécessité, d'aucune force insurmontable, mais la faute de ses auteurs, chefs et soldats, à qui manquèrent, non les occasions ni les moyens, mais les lumières et le courage, le bons sens et la vertu. Il a ainsi, comme philosophe et comme historien, le mérite toujours beau, et plus beau de nos jours, de savoir et de dire fermement que le mal est le fait volontaire, non la condition fatale de l'homme, et de rendre ainsi, dans l'histoire, aux acteurs la liberté, aux événements la moralité.

« Comme il avait appris à comprendre et à juger son temps, M. Droz apprit à se comprendre et à se juger lui-même; et les mêmes spectacles, les mêmes sentiments qui avaient fait de lui un historien moral, en firent un chrétien. Ce ne sont point des épreuves extraordinaires, ni de grandes secousses de l'âme qui l'ont amené à la foi; sa vie s'écoulait paisible et heureuse : mais il avait assisté à la plus grande scène d'orgueil et d'impuissance de l'homme qu'ait jamais vue le monde; il avait reconnu la vanité des plus hautes prétentions et des plus savants efforts de l'esprit humain pour faire à son gré la destinée des sociétés humaines et pour leur donner des lois lui-même, et lui seul. Quand l'âge vint et amena dans sa vie domestique ces séparations douloureuses qui placent l'isolement au terme du bonheur, la lumière se fit sans effort dans cette âme droite, modeste et tendre; resté seul avec ses riches souvenirs et ses méditations désintéressées, il crut parce qu'il avait vu et compris, et il se fit un pieux devoir de dire, avec une belle simplicité et sérénité de cœur, comment il était arrivé à croire, par l'effet naturel de son expérience de la vie et des enseignements qu'elle lui avait donnés.

« Vous n'avez pas eu à attendre, Monsieur, cette transformation salutaire, et, pour arriver au même but que votre honorable prédécesseur, vous n'avez point parcouru le même chemin. Vous êtes né et vous avez toujours vécu chrétien. Toutefois, et malgré ce bienfait de votre destinée, vous aussi, avant de vous élever à cette belle harmonie dans laquelle M. Droz et vous, vous vous êtes enfin rencontrés, vous avez eu vos périls et vos épreuves à surmonter. Catholique fervent et fidèle, vous pouviez tomber dans l'erreur de ceux qui, par esprit soit de routine, soit de réaction, soit de système, feraient de l'Église catholique l'alliée exclusive du pouvoir absolu, et la placeraient en hostilité permanente avec ces libertés de l'ordre temporel acquises par le travail de tant de siècles, et toujours chères et nécessaires au nôtre, malgré les fatigues qu'elles lui coûtent et les égarements où elles l'ont jeté. Vous n'avez point touché, Monsieur, sur ce dangereux écueil : dangereux et pour de nobles esprits, et pour la religion elle-même qu'ils ont quelquefois méconnue et compromise au moment même où ils la défendaient glorieusement. Vous avez mieux compris et votre temps et l'Église ; vous savez que, si elle est l'appui naturel de l'ordre et du pouvoir social, elle se prête aux diverses formes de gouvernement, aux grandes nécessités de l'histoire, et qu'elle peut aussi accepter et protéger ces belles libertés de l'âme et de la vie humaine, plus ou moins développées et praticables selon les temps, mais qui, une fois reconnues et réglées, deviennent l'honneur civil des nations. Vous avez vous-même, Monsieur, constamment défendu ces libertés, celles de votre pays comme celles de votre foi, et vous avez ainsi bien servi la cause de la religion chrétienne et de son autorité sur les peuples.

« Vous étiez, dans votre vie politique, exposé à un autre écueil. Étranger à la révolution de 1830, et habituellement placé dans les rangs de l'opposition au gouvernement qu'elle avait élevé, vous couriez le risque d'être entraîné sur cette pente, et de passer, presque à votre insu, d'une opposition vive à une hostilité destructive. Vous avez pressenti cette situation redoutable, et vous vous êtes toujours défendu de ce dangereux entraînement. Surtout, Monsieur, vous avez toujours gardé, envers ce roi dévoué à la France, dévoué à l'ordre social comme à la France, et qui n'a régné que pour préserver sa patrie de l'anarchie où elle est tombée quand il est lui-même tombé, vous avez, dis-je, toujours gardé envers lui une réserve et un respect dont, à coup sûr, le souvenir vous est aujourd'hui précieux.

« Vous disiez tout à l'heure avec raison que l'Académie, en faisant un choix, n'adopte point toutes les idées ni toutes les paroles de celui qu'elle choisit, et n'en prend point la responsabilité. Chacun de nous, en entrant ici, reste lui-même, et nous ne demandons ni ne faisons à personne le sacrifice de la liberté. L'empereur Napoléon, avec une ironie un peu dédaigneuse, disait un jour à M. de Fontanes : « Laissez-nous du moins la république des lettres. » Nous avons toujours gardé celle-là, Monsieur, et vous verrez, en y vivant avec nous, qu'elle est vraiment libre autant que douce. Mais si elle n'impose et n'emprunte sa pensée à aucun de ses membres, l'Académie se plaît à trouver, dans les nouveaux élus qu'elle appelle, l'expression et l'image vivante des sentiments qui lui sont à elle-même familiers et chers. Vous lui donnez, sous ce rapport aussi, Monsieur, une vraie et vive satisfaction. Ce qui fait peut-être votre caractère le plus original et votre principal attrait, c'est que vous avez su réunir, à un degré rare, dans votre âme, le respect du passé et le mouvement vers l'avenir, la fidélité à la tradition et le goût de la liberté. C'est là aussi, Monsieur, la pensée constante et pour ainsi dire la loi de l'Académie : elle a toujours désiré et secondé le libre développement de l'intelligence et de la société humaine, et en même temps elle est toujours restée fidèlement att chée à son origine, à son histoire, à ses règles, à tout son passé. Elle se fait toujours un devoir d'honorer la mémoire de son fondateur, de ce grand ministre à la fois despote et patriote, qui sut pousser rapidement vers la grandeur un roi faible et un pays divisé. Elle prend toujours plaisir à entendre louer dignement ce grand roi dont le règne a donné à la France la gloire des lettres, la gloire des armes, le territoire qu'elle a conservé et l'ordre civil qu'elle a développé. Mais en rendant hommage à Richelieu et à Louis XIV, l'Académie ne leur a jamais asservi ses pensées ni ses espérances pour le gouvernement et le sort de notre patrie; elle ne regrette ni le pouvoir absolu, ni les perspectives de la monarchie universelle, et j'ai quelque droit d'affirmer qu'elle tient la liberté de conscience pour sacrée et qu'elle déplore la révocation de l'édit de Nantes.

« Ce que l'Académie a toujours cherché et maintenu, ce qui lui a plu particulièrement en vous, Monsieur, cet heureux accord du respect pour le passé et de l'élan vers l'avenir, de l'esprit de conservation et de l'esprit de liberté, des traditions fortes et des grandes espérances, c'est précisément le problème qui pèse sur notre temps : problème dont la prompte solution est aussi indispensable à l'honneur de l'esprit français qu'au salut de la société française; car malgré vous, Monsieur, et malgré les glorieux démentis qu'une telle assertion doit rencontrer en France et dans cette enceinte, l'esprit lui-même court aujourd'hui, parmi nous, bien des risques d'abaissement, et, comme la société, il a besoin d'être relevé et sauvé. »

Paris. — Imprimerie Bonaventure et Ducessois, 55, quai des Grands-Augustins.

ÉTUDES
SUR LES
BEAUX-ARTS
EN GÉNÉRAL
PAR M. GUIZOT

Un volume in-8°. — Prix : 5 fr. (*franco*, 6 fr.)

Il y a un homme qui a présidé aux destinées d'une grande nation, qui a personnellement représenté la politique d'un règne prospère, qui a été la plus sincère et la plus haute expression de l'ordre dans la liberté, la parole énergique et vaillante de ce principe, le champion de la France conservatrice ; qui a été vaincu, mais avec elle, et que les vaincus ont félicité de n'avoir pas désespéré de la patrie.

Il y a un homme, et c'est le même homme, qui a eu tous les goûts, tous les élans, toutes les admirations des jeunes esprits, qui a été jeune comme eux, et qui a pris le pas dans le mouvement littéraire du dix-neuvième siècle ; qui a aimé les arts, qui a aimé les lettres, qui a écrit sur la peinture et qui a traduit Shakspeare, qui a exposé la théorie du drame et demandé pour le théâtre une plus libre pratique ; qui a défini les synonymes de la langue et réclamé plus de justesse dans le style de l'écrivain.

Aujourd'hui, M. Guizot publie ses études sur les Beaux-Arts. Derrière le Ministre qui n'avait pas fait oublier le philosophe et l'historien, derrière l'historien qui n'avait pas fait oublier le traducteur, il y avait le philologue, et il y avait encore le journaliste.

Quel journaliste que M. Guizot ! Quel intérêt que celui qui s'attache à ces prémices d'un admirable esprit, à ces commencements d'une destinée supérieure.

La première partie de cette nouvelle publication suffirait pour la rendre éminemment curieuse. — *De l'Etat des Beaux-Arts en France et du Salon de* 1810. — Guérin avec son *Andromaque*, Girodet avec sa *Révolte du Caire*, Gros avec la *Prise de Madrid* et

Bonaparte aux Pyramides, Prud'hon avec la *Tête de la Vierge,* Hersent avec son *Fénelon,* Gérard avec la *Bataille d'Austerlitz,* David avec la *Distribution des Aigles,* ces maîtres de la génération dont nous sommes les fils, ces fières mains qui ont renouvelé les modèles de l'art, cette pléiade d'une autre renaissance, jugée par un jeune homme bienveillant et grave, indulgent et hardi tout ensemble, plein de la lecture des poëtes, plein de la lecture des critiques et des biographes, qui cite Philostrate et Virgile, Vasari et le Tasse, Caylus et Milton, Émeric David et Delille, et qui sera un jour M. Guizot!

Diderot continué par M. Guizot, c'est plus qu'une bonne fortune, c'est un orgueil pour l'histoire de la Peinture française.

Et Diderot, dans son enthousiasme fiévreux, n'a rien écrit d'aussi certain, d'aussi exact, d'aussi autorisé que l'*Essai sur les limites qui séparent et les liens qui unissent les Beaux-Arts;* rien d'aussi définitif que la *Description des tableaux d'histoire gravés dans le Musée Royal publié par Henri Laurent* (1816-1818).

Peu d'hommes ont eu ce privilége de déchoir de leurs titres et de se glorifier dans leurs œuvres. M. Guizot aura encore un plus rare privilége, celui de se glorifier dans les œuvres de sa jeunesse.

SOMMAIRE :

De l'état des Beaux-Arts en France et du Salon de 1810.—Essai sur les limites qui séparent et les liens qui unissent les Beaux-Arts.—*Description des Tableaux d'histoire gravés dans le Musée royal, publié par Henri Laurent :* École italienne : Raphaël, Jules Romain, Le Dominiquin, Carrache (Annibal), Carrache (Louis), Le Corrège, André del Sarto, Le Caravage, Le Guide, Le Guerchin, Allori (Christophe), Gentileschi, Le Bassan, Palma jeune, Salvator Rosa, André Sguazzella, André Solari, Paul Véronèse, Carlo Dolci, Lana, Pierre de Cortone, Gennari (Cento).—École française. Le Poussin, Lesueur (Eustache), Santerre (Jean-Baptiste, La Hyre, Carle Vanloo.—École hollandaise. Rembrandt, Van-Dyk (Antoine), Van-Dyk (Philippe), Vanderwerff, Gérard de Lairesse.

Paris — Imprimerie Bonaventure et Ducessois, 55, quai des Grands-Augustins.

PARIS. — DIDIER, LIBRAIRE-ÉDITEUR
35, quai des Augustins.

MÉDITATIONS

ET

ÉTUDES MORALES

PAR

M. GUIZOT

1 volume in-8°. — Prix : 5 fr. (*franco, 6 fr.*)

Les *Méditations et Etudes morales* montrent, sous un aspect plein d'intérêt et peut-être moins connu jusqu'à présent, le talent supérieur et la haute intelligence de M. Guizot. On n'attend ordinairement de l'historien politique et de l'homme d'État que des jugements sur l'ensemble des choses, sur la marche des sociétés humaines, et ces vues générales qui embrassent toute l'étendue de la réalité. Sur ce point, on sait à quelle hauteur s'élève M. Guizot quand les arrêts de l'histoire tombent de sa bouche.

Aujourd'hui, à côté de l'historien, nous offrons au public le moraliste. Dans les *Méditations et Études morales,* M. Guizot s'adresse à la nature humaine, considérée surtout dans l'individu. En prenant pour thème quelques grandes questions comme le rôle de la religion dans les sociétés modernes, l'immortalité de l'âme, la foi, l'état des âmes, l'illustre penseur pénètre dans tous les replis du cœur de l'homme; il l'initie pour ainsi dire à lui-même, et lui montre avec douceur et fermeté ses misères aussi bien que ses grandeurs. La manière dont M. Guizot traite les questions morales porte avec elle une persuasion à la fois incisive et tendre. De déduction en déduction, il conduit l'esprit à la contemplation des plus hautes vérités : il lui en communique le sentiment et le goût. La méthode est rigoureuse, mais on ne l'aperçoit pas, et sans effort une conviction intime s'empare du lecteur.

Toutes les pages des *Méditations et Études morales* ont l'empreinte profonde de la foi chrétienne. « Ce ne serait pas la peine

« de vivre, dit M. Guizot dans sa belle préface, si nous ne retirio
« d'une longue vie d'autre fruit qu'un peu d'expérience et de pr
« dence sur les affaires de ce monde au moment de le quitter. I
« spectacle des choses humaines et les épreuves intérieures c
« l'âme ont des clartés plus hautes, et qui se répandent sur les my
« tères de la nature et de la destinée de l'homme et de cet unive
« au sein duquel l'homme est placé. J'ai reçu de la vie pratiqu
« sur ces questions redoutables, plus d'enseignements que la méd
« tation et la science ne m'en ont jamais donné. » On voit av
quelle éloquente profondeur M. Guizot pose le problème de la de
tinée humaine, et il n'hésite pas à conclure que, ni la nature
ses forces, ni l'homme et ses actes ne suffisent à rendre raison d
spectacle que contemple ou entrevoit l'esprit humain. Depuis lon
temps la nécessité des vérités religieuses, s'élevant au-dessus d
caprices et de l'impuissance de la raison abandonnée à elle-mêm
n'avait été affirmée et démontrée avec autant d'autorité.

Les *Méditations et Études morales*, où l'on sent une si forte unit
de doctrines et de sentiments, offrent une grande variété de suje
et de points de vue. On y fait une abondante moisson d'ape
çus ingénieux et de pensées profondes. Les *Conseils d'un père su
l'Éducation* forment un véritable traité sur un sujet qui est s
fort à l'ordre du jour. Les familles, comme le législateu
pourront y trouver des indications et des directions excellente
M. Guizot a eu l'heureuse idée d'exposer et de discuter les vues d
quelques hommes illustres, comme Montaigne et le Tasse, sur l
problème de l'éducation, problème qui a pour les grands esprit
un irrésistible attrait, car il renferme l'avenir de l'humanité.

Dans une époque comme la nôtre, où les vérités religieuses e
morales ont été et sont tous les jours si étrangement méconnue
ou travesties, les *Méditations et Études morales* exerceront, nou
n'en doutons pas, une vivifiante et salutaire influence. L'auteur s'
est placé assez haut pour se faire entendre de tous. On sent qu'au
dessus de la polémique qui, comme il le dit, *creuse les abîme
qu'elle prétend combler*, il aspire à s'unir avec tous dans la vérité

SOMMAIRE :

De l'état des Ames.—De la Religion dans les sociétés modernes.—Du Catholisme, du Protes tantisme et de la Philosophie en France.—*Sur l'Immortalité de l'Ame :* Première Méditation. D Sentiment intime de l'Immortalité.—Deuxième Méditation. Du Respect des Morts.—Quel est l vrai sens du mot *Foi?*—De l'Education progressive pendant le cours de la vie.—*Conseils d'u Père sur l'Éducation :* I. Des modifications que doit apporter dans l'Éducation la variété de caractères.—II. De l'Inégalité des facultés, de ses inconvénients et des moyens de les prévenir —III. Des moyens d'Emulation.—IV. De l'Éducation qu'on se donne soi-même. Des Idées d Rabelais, de Montaigne, du Tasse, en fait d'Éducation.

Paris.—Imprimerie Bonaventure et Ducessois, 55, quai des Grands Augustins.

retranché des traditions anglo-saxonnes les détails remplis d'intérêt qui nous introduisent au cœur même de cette société, qui nous aident à la comprendre et nous apprennent tout ce qu'il y avait en elle de foi, d'enthousiasme et de religieuse espérance : il expose et décrit avec le plus grand soin la conversion de ce peuple au Christianisme : «Con« quête pacifique, dit-il, plus importante et plus durable que celles du glaive ; conquête de la parole, tableau sérieux mais doux, plein d'enseignements et de charme, et qui repose l'esprit du spectacle de tant de scènes sanglantes[1]. » M. de Bonnechose nous retrace les grandes figures de quelques hommes qui ont amené à la loi du Christ, et par elle à la civilisation, une partie de l'Europe occidentale ; nous voyons revivre sous sa plume saint Grégoire-le-Grand, le missionnaire Augustin, le primat Théodore, Alcuin le précepteur de Charlemagne, Winfrid ou saint Boniface, l'apôtre de la Frise, et Bède-le-Vénérable, dont les écrits projettent leur pur éclat sur deux siècles, et qu'il est plus aisé d'admirer, dit Guillaume de Malmesbury, que de louer dignement.

Il a étudié avec autant d'attention la période Anglo-Danoise, transition peut-être nécessaire entre la période qui précède et celle qui suit : l'époque enfin à laquelle il a donné un soin tout particulier, est celle de la conquête Normande, qui doubla les forces de l'Angleterre en les régularisant. Il a eu à lutter dans cette dernière partie de son œuvre avec un livre généralement admiré[2] et digne à beaucoup d'égards de sa haute réputation. M. de Bonnechose rend un sincère hommage au rare talent et à la science de son auteur, M. Augustin Thierry ; cependant il ose quelquefois le contredire, il réfute son opinion sur l'antagonisme perpétuel des races, et il apprécie, d'une manière souvent très-différente, la conduite de Guillaume et les résultats de sa conquête.

M. de Bonnechose a rejeté dans ses notes la plupart des dissertations scientifiques ; il a voulu que le grand travail d'érudition auquel il s'est livré n'entravât point la marche de son récit, dans lequel on retrouve l'intérêt dramatique et les vives couleurs qui ont fait en partie le succès de son *Histoire de France*. Une étude à laquelle il s'est particulièrement attaché est celle des hommes qui ont marqué leur trace dans les temps où ils ont vécu, et nous

[1] Tome I, page 200.

[2] *Histoire de la Conquête de l'Angleterre par les Normands*, par M. Augustin Thierry.

citerons, parmi les capitaines, les hommes d'Etat et les rois qu'il a dessinés avec le plus de soin, Jules César, Agricola, Sévère, Alfred-le-Grand, Canut, surnommé le Charlemagne du Nord, Édouard-le-Confesseur, le comte Godwin, et surtout Guillaume-le-Conquérant, cet homme extraordinaire, si rempli de contrastes, étonnant assemblage de nobles instincts et de passions brutales, d'égoïsme et de magnanimité, que nous ne connaissions jusqu'à présent que d'une manière fort incomplète, et que M. de Bonnechose nous montre sous des faces aussi intéressantes que nouvelles.

Les douze siècles dont il a écrit l'histoire sont pleins d'enseignements pour tous les temps sans excepter le nôtre : on ne lira point sans fruit les pages où l'auteur fait voir, dans la corruption des États, le présage et la cause de leur chute, celles où il s'applique à démêler le principe des destinées si différentes de la France et de l'Angleterre, où il démontre que les institutions durables ont toutes, pour une forte part, leurs racines et leur raison d'être dans le passé, que l'époque de la plus grande prospérité apparente d'une nation touche quelquefois à celle de son humiliation extrême, et qu'il y a des lois générales à l'observation desquelles sont invariablement attachés le salut et la durée des Empires[1]. « Les institutions du peuple anglais, dit M. de Bonnechose, ne sont pas sorties d'un cataclysme : elles sont nées de ses mœurs et de son histoire : il en suit le fil merveilleux à travers les âges, et nous les montre semblables à ces fleuves dont la source est dans la nue, qui disparaissent souvent pour reparaître au-delà grossis dans leur cours par des affluents innombrables, et qui ne sauraient tarir parce qu'ils viennent de loin et que leurs rives sont profondes[2]. »

[1] Tome I, page 176.

[2] Tome II, page dernière.

A LA MÊME LIBRAIRIE :

MÉDITATIONS ET ÉTUDES MORALES, par M. GUIZOT; 1 vol. in (1852). 5

ÉTUDES SUR LES BEAUX-ARTS en général, par M. GUIZOT, 1 vol. in-(1852). 5

RÉVOLUTION D'ANGLETERRE. ÉTUDES HISTORIQUES et biogr phiques sur les principaux personnages des divers partis : Parlementaires Cavaliers—Républicains—Niveleurs, par M. GUIZOT. 1 v. in-8 (1851). 5

MONK. CHUTE DE LA RÉPUBLIQUE ET RÉTABLISSEMENT DE LA MONA CHIE en Angleterre, en 1660; étude historique, par M. GUIZOT. 2e édit. 1 vo in-8, avec portrait (1851). 5

HISTOIRE DES ORIGINES DU GOUVERNEMENT REPRÉSENTATI en Europe, par M. GUIZOT. 2 volumes in-8 (1851). 10

WASHINGTON. FONDATION DE LA RÉPUBLIQUE DES ÉTATS-U D'AMÉRIQUE, comprenant : L'HISTOIRE DE LA GUERRE DE L'INDÉPENDANC suivies de la CORRESPONDANCE ET DES ÉCRITS de Washington, trad. de l'ang *précédées d'une* INTRODUCTION *sur Washington*, par M. GUIZOT. 6 vc in-8, ornés de portraits et carte (1850). 26

—On vend séparement les *Œuvres de Washington,* 4 vol. in-8 16

ATLAS composé de 25 planches, donnant des *plans de batailles*, divers *fac-simil* des *portraits*, etc.; pouvant servir à l'intelligence du texte des 6 vol. 20

DICTIONNAIRE UNIVERSEL DES SYNONYMES DE LA LANGU FRANÇAISE, contenant les Synonymes de GIRARD, BEAUZÉE, ROUBAU D'ALEMBERT, etc., et généralement tout l'ancien Dictionnaire mis en meille ordre, et augmenté d'un grand nombre de nouveaux synonymes, par M. GUIZO 4e édition. 2 forts volumes in-8 (1850). 12

Ouvrages qui paraîtront successivement :

CORNEILLE ET SON TEMPS, Étude littéraire, par M. GUIZOT, 1 vol. in-8.

SHAKSPEARE ET SON TEMPS, Étude littéraire, par M. GUIZOT, 1 vol. in-8.

CARACTÈRES ET PORTRAITS, par M. GUIZOT, 2 vol. in-8.

FRAGMENTS DE MÉMOIRES PERSONNELS, par M. GUIZOT, 2 vo

DISCOURS PARLEMENTAIRES de M. GUIZOT, avec Notes, 4 vol. in-8.

Nouvelles Publications.

CAMILLE DESMOULINS ET ROCH MARCANDIER. LA PRESSE PENDA LA RÉVOLUTION, étude révolutionnaire, par M. Édouard FLEURY. 2 vo in-12. (1852). 7

BABŒUF ET LE SOCIALISME EN 1796, étude révolutionnaire, par M. Édouar FLEURY. 1 vol. in-12. (1852). 3 5

SAINT-JUST ET LA TERREUR, étude révolutionnaire, par M. Édouard FLEURY 2 vol in-12. (1852). 7

DES PRINCIPES DE LA RÉVOLUTION FRANÇAISE et du GOUVERNEMEN REPRÉSENTATIF, suivi des DISCOURS POLITIQUES, par M. V. COUSIN. 1 vo in-12 (1851). 3 5

LA RÉPUBLIQUE ET LA MONARCHIE DANS LES TEMPS MODERNES, avc un appendice présentant l'extrait de la discussion relative à la révision d la Constitution de 1848, par M. P.-A. DUFAU. 1 vol. in-12 (1852). 3

Paris.—Imprimerie Bonaventure et Ducessois, quai des Augustins, 55 (près le Pont-Neuf).

www.ingramcontent.com/pod-product-compliance
Ingram Content Group UK Ltd.
Pitfield, Milton Keynes, MK11 3LW, UK
UKHW020933180726
13838UKWH00002B/924